〖中华诗词存稿·名家专辑〗

中华诗词学会 编

中国现代诗词选

诗卷（上）

蔡厚示 胡迎建 选编

中国书籍出版社
China Book Press

图书在版编目（CIP）数据

中国现代诗词选 . 1, 诗卷 . 上 / 蔡厚示 , 胡迎建选编 . 一
北京 : 中国书籍出版社 , 2020.10
（中华诗词存稿）
ISBN 978-7-5068-7980-4

Ⅰ . ①中… Ⅱ . ①蔡… ②胡… Ⅲ . ①诗集－中国－
现代 Ⅳ . ① I226

中国版本图书馆 CIP 数据核字 (2020) 第 170728 号

中国现代诗词选·诗卷（上）

蔡厚示　胡迎建　选编

责任编辑	李国永	
责任印制	孙马飞　马　芝	
封面设计	采薇阁	
出版发行	中国书籍出版社	
地　　址	北京市丰台区三路居路 97 号（邮编：100073）	
电　　话	(010) 52257143（总编室）　(010) 52257140（发行部）	
电子邮箱	eo@chinabp.com.cn	
经　　销	全国新华书店	
印　　刷	北京虎彩文化传播有限公司	
开　　本	710 毫米 ×1000 毫米　1/16	
字　　数	405 千字	
印　　张	38.5	
版　　次	2020 年 11 月第 1 版　2020 年 11 月第 1 次印刷	
书　　号	ISBN 978-7-5068-7980-4	
定　　价	1698.00 元（全 4 册）	

作者简介

蔡厚示（1928—），字佛生，笔名艾特，生于南昌县三江镇南街。先后就读于江西心远中学、豫章中学、省立吉安中学等校。1949年厦门大学文学士，1954至1956年在北京大学进修，历任厦门大学中文系教职及福建社会科学院文学所研究员职务，著作多种。

胡迎建（1953—），笔名湖星，祖籍江西都昌县，出生于星子。曾在星子县政府任秘书、县志办主任。1987年毕业于江西师大，获文学硕士学位。在江西省社科院古籍整理办公室工作，1998年破格晋升研究员。现为副主任、正处级调研员；兼江西省诗词学会常务副会长、《江西诗词》主编，华东交通大学、南昌大学兼职教授、首都师大中国诗歌研究中心特约研究员，中华诗词学会常务理事、中国近代文学学会理事。享受国务院颁布的政府特殊津贴。著有《近代江西诗话》、《一代宗师陈三立》、《民国旧体诗史稿》（1997年国家社科基金项目）、《胡迎建序跋集》，编著《画家墨场应用宝典》，选注《江西古文精华·游记卷》，校注《庐山志》，编注《庐山诗文金石广存》、《滕王阁历代诗词百首》、《昭琴馆诗文集笺注》。《庐山历代诗词全集》副主编。论文百馀篇发表于省级以上报刊杂志。目前从事"陈三立与同光体诗派"研究（2006年国家社科基金项目）、"朱熹诗词研究"（院级课题）。诗集有《帆影集》《湖星集》《雁鸣集》《轻舟集》等。

总 序

我们这个诗歌大国有一个很好的传统,历来注重"采诗"、搜集整理诗歌材料。作为唯一的全国性诗词组织的中华诗词学会,自1987年5月成立以来,就十分重视这项工作。学会每年的学术研讨会和历届"华夏诗词奖",都出版论文集和获奖作品集。纪念学会成立二十年、三十年时,还专门编辑出版了《大事记》《论文选集》《诗词选集》。《中华诗词》创刊以来,每年都制作年度合订本。2007年5月,在北京天识东方文化艺术传播有限公司的资助下,以近代以来诗词创作、诗词理论、诗词运动重要文献汇编,当代名家个人作品专集等为主要内容,出版了《中华诗词文库》。经过十来年的编辑整理,已经出了近百卷。这些诗集、文集的出版,记录了近百年来尤其是改革开放四十多年来,中华诗词从起步、复苏走向复兴的砥砺前行的历程,为近、当代诗歌史的撰写准备了丰富的资料。

党的十八大以来,中华民族优秀传统文化重新受到应有的重视。习近平总书记《念奴娇·追思焦裕禄》词和《军民情》七律的相继发表,引领中华大地诗潮滚滚而来。《中共中央关于繁荣发展社会主义文艺的意见》和中办、国办《关于实施中华优秀传统文化传承发展工程的意见》,都明确提出"加强对中华诗词、音乐舞蹈、书法绘画、曲艺杂技和历史文化纪录片、动画片、出版物等的扶持。"国家教育部组织制定由中华诗词学会起草的新中国语言体系中的新韵书《中华通韵》已经通过国家语言文字工作委员会语言文字规范标准审定委员会审定，即将颁布全国试行。这些都使我们真切地感受到，中华诗词的春天真的到来了。诗人们乘着骀荡春风，正以高昂的激情，书写着中华民族伟大复兴的新时代、新史诗，国家富强、民族振兴、人民幸福的中国梦；正以与人民同呼吸、共命运的诗人之心，对人民的欢乐、人民的忧患、人民的情怀给以诗意的表达；正以"美"或"刺"的诗人之笔，对市场经济大潮中人民对幸福生活的期待，对美好未来的希望，对假丑恶的深恶痛绝，或给以方向，或给以赞美，或给以鞭挞。正如习近平总书记所指出的："好的文艺作品就应该像蓝天上的阳光、春季里的清风一样，能够启迪思想、温润心灵、陶冶人生，能够扫除颓废萎靡之风。"

当前，传统诗词创作者和诗词爱好者队伍发展迅速，已超过三百万。每天创作的诗词作品超过唐诗、宋词、元曲的总和。诗词评论研究队伍也成长很快，诗词评论、诗词学、诗词创作理论研究成果丰硕。如何从浩如烟海的诗词作品中"淘"出优秀作品，并使之存下来、传下去，如何使诗词研究理论成果"面世"并发挥应有的指导作用，确实是摆在我们面前的无可回避的一个重要课题。中华诗词学会是一个没有国家编制，没有国家拨款的社会团体，事业的运转主要靠社会赞助和会员费支撑。俊识（北京）文化传媒有限公司总经理吕梁松、北京采薇阁总经理王强，两位一直是对中华传统文化情有独钟的热心人，慷慨解囊，愿意同中华诗词学会一起，搜集整理编辑推出《中华诗词存稿》这套书，共同为中华诗词文化的继承和发展，做成这件十分有意义的事情。

　　《中华诗词存稿》主要搜集整理出版三部分内容的资料：一是当代诗词名家的个人作品集；二是当代诗词评论家、诗词学者的学术著作集；三是当代诗词作品、诗词理论学术成果阶段性、专题性、地域性的集成类作品集。诗词作品强调精品意识，沙里淘金，把"有筋骨、有道德、有温度"的优秀诗词作品搜集起来。诗词评论、研究类资料强调理论性和创新性，应具有鲜明的个性特点，具有创建性的见解。集成类的资料应有一定的史料保存价值。总之，做成一套具有当代价值和历史意义的好书。在此，我们编委会人员，向提供资料、筛选编辑、版面设计、校对勘误，包括所有为这套资料付出辛勤劳动的同志们，表示真诚的谢意！

郑欣淼

二〇一九年七月于北京

目　　录

吴昌硕

　　吴昌硕（1844—1927），初名俊卿，号缶庐，浙江安吉人。光绪年间保举安东知县，一月后即辞去。民国初年在杭州创办西泠印社，晚年寓居上海。著有《缶庐诗》四卷。陈衍论其诗"生而不钩棘，古而不灰心，奇而不怪魅，苦而不寒气，直欲举东洲（何绍基）、巢经（郑珍）、伏敔（江湜）而各得其所长"（《石遗室诗话》）。其实他的诗还远受唐贤影响，近受乡先贤厉樊榭影响。能融拗峭于淡雅清远，戞戞独造，自然高华，音节振拔。

金　山

金山亭子塔低昂，高蹑春云礼上方。
佛坐南朝观水月，人当北固振衣裳。
墓谀郭璞游仙死，带解坡公说法狂。
淘尽英雄千古恨，大江东去海荒荒。

春日北寺题壁

当户南山空翠微，看云北寺坐芳菲。
惟杨及柳古情见，在水一方诗兴飞。
亭子短长栖鸟下，潭烟深浅夜渔归。
数声歌咏残阳外，倘有高风到浴沂。

葡　萄

葡萄酿酒碧于烟，味苦如今不值钱。
悟出草书藤一束，人间何处问张颠？

苦寒吟

黄浦岸裂一丈冰，千船万艘胶沙汀。
大雪压屋屋欲倾，朔风猛力吹使凝。
贫家断炊米罄瓶，山芋豆屑调作羹。
十指冻折号失声，饥肠辘辘不住鸣。
道旁日见僵尸横，大官赏雪临高厅。
狐裘貂帽黄金觥，笙歌拂云开画屏。
恶诗一首悲填膺，作诗奏事求天晴。
愿彼苍天顾穷民，阳和煦物万物生。

樊增祥

樊增祥（1846—1931），字云门，一字樊山，湖北恩施人。清末任江宁布政使。入民国，先后居上海、北京，一度为清史馆馆长。有《樊山全集》。平生以隽才自负，作诗三万首，以七律为多，往往叠韵、次韵，押险韵也能因难见巧。效中晚唐体，喜好清代袁枚、赵翼以及吴梅村诗，博采众家。古风叙事委曲尽情，曾追步吴梅村体作《彩云曲》，哀感顽艳，传颂一时；近体以清婉博丽为主，自然生新，熔裁丽密。

晓起开南窗看水

池上白鸥如可呼，开窗纳日望晴湖。
光摇云水瞳人小，气得清空肺叶苏。
庙柏万针攒老翠，山泉千眼沸明珠。
销金帐底痴儿梦，能使溪禽唤醒无？

八月六日过灞桥口占

残柳黄于陌上尘，秋来长是翠眉颦。
一弯月更黄于柳，愁煞桥南系马人。

陈宝琛

陈宝琛（1848—1935），字伯潜，号弢庵，一号橘隐，福建闽县人。光绪间官内阁学士。辛亥革命后隐居北京侍奉溥仪。后来张勋复辟与溥仪作满洲皇帝，屡征不出。著《沧趣楼诗》。其诗修洁幽峭，清雅深秀。意境韵味似王荆公与苏东坡，句法兼取杜少陵、韩昌黎、苏东坡、黄山谷之胜。晚年历经世变，不求奇险，不生造，深醇简远。

次韵逊敏斋主人落花四首 选二

（一）

生灭元知色是空，可堪倾国付东风。
唤醒绮梦憎啼鸟，胃入情丝奈网虫。
雨里罗衾寒不耐，春阑金缕曲初终。
返生香岂人间有，除奏通明问碧翁！

（二）

流水前溪去不留，馀香骀荡碧池头。
燕衔鱼唼能相厚，泥污苔遮各有由。
委蜕大难求净土，伤心最是近高楼。
庇根枝叶从来重，长夏阴成且小休。

1925年

题　画

皓质香肌总客尘，分明写照梦中人。
将衰正盛何曾觉，肠断年年剩感春。

1927年

散原少予五岁，今年八十矣，记其生日亦九月，赋寄庐山

平生相许后凋松，投老匡山第几峰？
见早至今思曲突，梦清特地省闻钟。
真源忠孝吾犹敬，馀事诗文世所宗。
五十年来彭蠡月，可能重照两龙钟？

1932年

沈曾植

　　沈曾植（1851—1922），字子培，号乙庵，晚号寐叟，浙江嘉兴人。光绪六年（1880）进士，历任南昌知府、安徽按察使。清亡后居上海。张勋复辟，出任学部尚书，失败而归。其诗出入杜、韩、李商隐、梅尧臣、王安石以及苏、黄间，熔铸子史，沉博深厚，功力独到。然追求险奥，聱牙钩棘，好用僻典、佛家语，艰深晦涩，奥衍古雅。是学人之诗与诗人之诗合一的典型，陈衍推为"同光体之魁杰"，叙其《海日楼诗集》云："雅尚险奥，聱牙钩棘中时复清言见骨。"

北　楼

风物萧条倚晚楼，《离骚》谁为解离忧。
寒花自咽霜前露，芳树遥怜物外秋。
涓子适来还问道，秦青别久不闻讴。
吴门白马谁曾见，太息衰年目力休。

1919年

秋日偶成

恰到薹腾得句宜，翻怜病腕借书迟。
淹留腹稿俄经月，轩豁秋光又一时。
跻险玉山并同甲，闭关一客痛连枝。
衰门岁岁缠功布，欲撼《龙经》问赖师。

每日至戌亥子时神情特定，口占小诗奉呈倦翁，目力则眊眊大损也

黄叶飘如蝶，青冥逝不遐。

秋心停病榻，缺月皎窗纱。

药议烦良久，杯瓷溢乳花。

聊将清夜思，不尽报君家。

1922年

张 謇

张謇（1851—1926），字季直，号啬庵，江苏南通人。光绪二十年（1895）中进士第一，官翰林院修撰。民国初年历任南京临时政府实业总长、北京政府农林工商总长，未久辞职南下，兴办实业、文教事业。著有《张季子诗录》。主张诗言事抒情，事即内容："无事则诗几乎熄矣。"其诗"雄放峭峻，类其为人"（狄葆贤语）。早年学晚唐诗，晚年改学孟东野、王荆公、梅圣俞、陈后山，有瘦健之骨；又学陆放翁、杨万里以舒张其气。

至垦牧乡周视海上示与事诸子二绝句

（一）

昔望撑空蒿似柏，今来夹道柏兼杨。
只怜三万成林日，不见嘻吁李部郎。

（二）

荆妻已逝海耕虚，易地南山亦未居。
无限桑田吾老矣，横沙一抹看龙鱼。

1921年

题虞楼

为瞻余墓宿虞楼，江雾江风一片愁。
看不分明听不得，月波流过岭东头。

野　色

野色乍阴晴，荒寒四面生。
月光因雾湿，海气忽山横。
只觉谐孤兴，谁来托耦耕？
栖栖犹未已，俯仰愧逢萌。

上海晤浣华

吾衰霜雪半髯须，喜见梅郎颊稍腴。
座上清斟闻落叶，东南秋色与繁芜。
闲情爱近初春气，说部频传绝代姝。
有约听歌抛美睡，明朝万纸落江湖。

林　纾

　　林纾（1852—1924），字琴南，号畏庐，别号冷红生，福建闽县人。清末任京师大学堂讲习。译《茶花女》一书，风靡一时。民国初年任北京大学教员时，思想尚能随时代俱进，曾说："仆生平弗仕，不算为满洲遗民，将来自食其力，扶杖为共和之老民足矣。"后来袁世凯拉拢他，被严辞拒绝。反对弃文言用白话，致信北大校长蔡元培。中年以后始大量作旧体诗，陈衍说他"诗境大进，是以文家画家法作诗者"。有《琴南诗存》。主张自道性情，不贵绮丽，不假做作。诗学苏东坡、陈与义，有独造之境、独得之见，清旷中有幽奥。

题画诗二首

（一）

蓦然失却碧芙蓉，云出山来白万重。
不管人间方待雨，只从天半作奇峰。

（二）

危栈粘天路不分，鞭丝帽影印斜曛。
半程微觉驴鞍湿，化作山腰一阵云。

由石门入山道中口占示梦旦、稚星、拔可

似闻草木发奇芬，沿路峰皆斧劈纹。

瞬息阴晴终作雨，高低松栝偶来云。

响泉坠涧前溪应，危径穿山积绿分。

竹轿飘然空翠里，林峦转处待诸君。

合子桥

湿翠空濛里，无心竟作桥。

石华经雨润，松势受风骄。

地迥成孤赏，泉酣集众哓。

林峦谁爱护，来往不逢樵。

自徐州看山至浦口

心上江南日往还，今朝真个破愁颜。

通宵诗思偏无月，数里徐州早见山。

颒绿尚饶秋望美，片云如傲旅人闲。

群喧静后潮初上，坐听江声过下关。

王树楠

王树楠（1852—1936），字晋卿，号陶庐老人，河北涿县人。清末官新疆布政使，入民国后隐居北京。有《文莫室诗》。赵元礼评其诗"浑穆如古谣谚，而用笔极潇洒，质朴风华，盖兼而有之"（《藏礼诗话》）。钱仲联论其诗："肆力杜韩，挥霍雷电，吞吐河岳，是何神勇"（《近百年诗坛点将录》）。

送裴伯谦南归三首 选一

朝登瑶圃采朱霞，夕上层城撷露华。
秋月五更飞破镜，长河万里送归槎。
侧身西极涕盈把，走马南山看到家。
携得昆仑岭头雪，冷吟终日伴梅花。

陈三立

陈三立（1853—1937），字伯严，号散原，义宁州（今修水县）人。光绪十五年（1889）进士，授吏部主事。后随父、湖南巡抚陈宝箴往长沙推行新法。慈禧执政，父子同被革职，居南昌西山崝庐。父逝，移居金陵。自嘲"凭栏一片风云气，来作神州袖手人"。其"幽忧郁愤与激昂慷慨之情无所发泄，则悉寄之于诗"（吴宗慈《陈三立传略》）。其诗名渐著，士林景仰。1924年，印度诗人泰戈尔由徐志摩陪往杭州拜谒，称其为"中国诗人代表"。后居北平。"七·七事变"时，愤而拒药绝食而逝。著有《散原精舍诗集》《续集》《别集》。其诗上窥杜甫、李商隐，以韩愈、黄山谷为骨。汪辟疆《光宣诗坛点将录》以宋江比拟散原。杨声昭云："散原生平孤芳自赏，不屑驰逐时誉，而领袖诗坛，名实并茂。"（《读散原诗笔记》）

雨中自丁家山康庐还饮苍虬湖居，被酒夜归，同闲止作

下窥湖水狭如盆，细雨灯窗笑颊存。
暝曳虚无孤岛气，坐侵明灭万花痕。
歌呼自寄神州痛，酩酊方知恶客尊。
径黑夜归吠寒犬，掉头有宅系云根。

1925年

同闲止、杜园晚步湖堤上用前韵

疏柳摇湖叶叶声，新堤沙净簟纹平。

千岩作暝鸦群没，一水涵空鱼队行。

绰约重楼歌吹隐，飘旋小艇羽毛轻。

胡床列坐车音里，远火高低隔雾明。

1925年

六月十三夜月上，泛舟穿断桥，傍孤山观荷

日气楼台喘汗悬，初昂病骨落湖船。

月痕在水鱼吹沫，钟籁摇山鹤警眠。

脱死有身窥象罔，飞凉将梦合云烟。

芰荷一角微馨界，醒我渔歌塔影边。

1926年

雨后偕闲止立湖侧观涨

千山出浴掩斜晖，草气烟光欲合围。

三尺涨痕添一雨，澄鲜秋水照鸥飞。

1925年

微晴步寻寿丞新宅

闭置谁窥卧雪心，微晴跃杖起重寻。
蒙茏恋壑片岚曙，寂历存枝孤鹊吟。
啮石涧泉流活活，依松廊馆影沉沉。
桥西更爱烟霞窟，浴梦苍围冷吹深。

1929年

雨霁步寻松树林还过山市

摇荡晴光薄雾中，岩枝初与挂东风。
万松作壁鼠无缝，巉石蹲霄鹗击空。
向濯襟裾元气湿，旁披榛莽暗泉通。
意行近市临村落，杖底鸡声漏竹丛。

1930年

剪刀峡望云海

雨馀吐日拥登危，倚石为收一段奇。
粉本画图光皑皑，兜罗世界影离离。
混茫孤涌蓬莱岛，澄碧低围菡萏池。
老去坡公观海市，伸眉一笑尚能追。

1930年

登五老峰绝顶

帝缚孱魂闭雪中，初逾南岭拂青红。

遮迎断涧莺吟落，蹴踏层霄鸟道穷。

波矗湖江浮日气，石攒刀箭斫天风。

须臾雾合身如豹，埋梦来添一秃翁。

1930年

十六夜月步松林

扬辉大月满层楼，起踏松林一径秋。

石罅吟虫扶夜气，灯边吠犬隔溪流。

蔽亏露叶粘星湿，明灭烟峦带梦浮。

自外九垓迷万古，欲依山鬼怨灵修。

1930年

中秋夕山居看月

笼湖摇海中秋月，移向匡君卧处看。

洗露峰峦迎皎洁，带星楼观出高寒。

一生阅世丹心破，万里传辉白骨残。

犹有酒杯邀对影，石根虫语落栏干。

1930年

徐世昌

　　徐世昌（1855—1936），字卜五，号菊人、东海、弢斋，别署水竹村人，天津人。清末翰林，历官东三省总督。1914年任总理，1918年为北洋政府总统，后离开政界隐居天津，组织晚晴簃诗社，编《晚晴簃诗汇》。柯劭忞序其《水竹村人集》云："简澹而清远，抒写性情，旷然无身世之累，一若布衣韦带之士，自放于山砠水滋之所为，岂复以盖世之功名往游于神明之地哉！"

和渊明田园居

溪霞落浅红，山雨滴晚翠。
道逢送酒人，门无催租吏。
岁晚百务闲，读《易》求古义。
身世两悠悠，百年本如寄。

荷叶高于屋，稻花香到门。
夕阳射山背，雨气断虹吞。
独立数归鸦，林杪点墨痕。
此时心志间，未易与人论。

独 坐

八极一何广，浩浩本无垠。
收视在尔室，万物备一身。
踵息一炉香，明窗无纤尘。
虽无禅栖意，吟兴亦通神。
偶成数韵诗，来证菩提因。

陈　衍

陈衍（1856—1937），字叔伊，号石遗，福建侯官人。清末主讲京师大学堂。清亡后，讲授南北各大学，后任无锡国学专修馆教授。著有《石遗室诗话》，编有《近代诗钞》。自作诗有《石遗室诗集》四册。初宗梅尧臣、王安石，后崇尚白香山、杨万里。诗风爽朗平淡，能采用新名词、俗语。钱仲联将他与陈三立、郑孝胥比较说："散原奥峭，而出之以磊砢；海藏枯涩，而抒之以清适；丈则奥衍而发之以爽朗，凿幽出显，力破余地，此其所独也。"（《梦苕庵诗话》）

避兵至上海三首 选一

十载乘桴三避兵，旁人悯我太劳生。
渔童莞而樵青呻，只箠浮家泛宅行。

1922年

读杜集戏题二首 选一

杜陵身世试追寻，太似吾生感不禁。
宾客诸侯曾潦倒，曹郎员外偶浮沉。
常携眷属同流转，屡避兵戈此滞淫。
托命长镵天且靳，草堂花木伏萧森。

1923年

春尽日寄怀说诗社诸子

年来避兵因旅食，楼居望远江海湑。

柳条弄色偶一见，不知几处飘花茵。

今年春尽尤无赖，愁红数朵度芳晨。

不羞老去效年少，早共儿女悲沾巾。

诸君今日醉何许，息园村抑吴园春。

有诗远继贾主簿，谁和寂寞真山民。

1924年

赴厦渡海作

又被驱来岂为饥，微生守信直几微。

行年七十犹为客，涉月三冬始得归。

骇浪掀腾安若素，中阴黑暗是耶非？

只赢来岁花前醉，醉倒风花一片飞。

1926年

雁汀招同墨史、文典登云顶崖

百怪千奇石刺天，九溪十涧恍鸣泉①。
平桥忽向芦埼转，仄磴刚容竹轿旋。
拔地众峰都俯伏，有亭绝顶尚高悬。
一层更上观云海，始信声名不浪传。

自注：①初入山，极似杭州十八涧。

1926年

伤暨儿

八月由来最有凶，更从七月起罡风。
西来秋色全凄黯，北地妻孥同告终。

1926年

寄弢庵太傅天津

灯昏雨止月微明，残夜同车黯别情。
来往未容成二老，交期久许替家兄。
析津地窄回旋窘，南港江荒寇盗行。
早识望衡非易事，苟全虚想伴躬耕。

1927年

蓝　钰

　　蓝钰（1856—1939），字石如，号蛰庐，江西高安人。光绪十八年（1893）进士，授翰林院编修，与修《德宗实录》。民国初年设清史馆，受聘为协修。1922年返故里。好吟诗遣怀，有手稿本《负笈砚斋诗稿》。

乙丑冬以劝赈重至汉口

纷纷如梦复如痴，独立苍茫有所思。
海水欲飞心震荡，风花入望眼迷离。
投林最感归鸦噪，巢幕终虞宿燕危。
怪煞昆明灰未冷，与谈浩劫几人知。

1925年

丙寅六月十六日为邑人章门筹赈归

逐势本来作热客，栖栖六月事宵征。
晚风掠面微消暑，凉月随身远送行。
集泽鸿嗷方待啄，沿村庞吠莫虚惊。
妾怜归惫向娇语，饥溺平分禹稷名。

1926年

观鱼二首

（一）

沿塘侵晓恣闲行，戢戢游鳞见不惊。
鱼乐固应能胜我，风波方定水空明。

（二）

逐队游行恣何如？波光镜净影涵虚。
搅林风急栖难定，此际翻教鸟羡鱼。

秋　情

愁心缕缕似抽丝，老泪涔涔每暗垂。
可奈干戈终未定，更兼草木坐成衰。
鹰鹯各奋飞扬气，乌鹊能安摇撼枝。
石阙中御谁得解，却云秋士故多悲。

晚春野步

朝暾被积阴，众鸟嬉前林。
芳野展衰步，春物资赏心。
草际浮露光，绿意浮晨襟。
沿溪柳吹线，中田花散金。
农家昨洗种，几日秧遂针。
揽物感时气，悠悠春已经。

魏元旷

魏元旷（1856—1935），号潜园，又号斯逸、逸叟，江西南昌人。光绪二十二年（1896）进士，官户部主事。著有《蕉鹿诗话》《潜园诗集》。民国初年至1922年，在南昌助胡思敬刊刻《豫章丛书》。

丙寅春感

造物仍无悔祸心，闭门岁月只侵寻。
书奸欲罄南山竹，铸鼎应穷九牧金。
不死未知天意在，孤惊惟饱德音愔。
纷纷成败何须数，徒益斯民水火深。

1926年

栖贤三峡桥

潆洄万壑碧流通，泉脉高悬云雾中。
谁遣神工开石骨，独排天籁走雷风。
桥经三峡声藏穴，谷绕栖贤响振空。
初向庐山观一胜，特修公案证苏翁。

雨 闷

城头湿鼓听非真，旬日愁霖恼杀人。
一片浓阴弥宇宙，万家春色失精神。
逡巡步履苔妨屐，蒙密粘天草似茵。
洞口桃花飘落尽，武陵从此更迷津。

雨夜闷坐感事

降丧于今二纪更，倒悬犹未解苍生。
彻天制用金同粪，卷地如毛匪尽兵。
民俗通成奢习惯，灾区仍若苦纵横。
孤灯夜雨萧条甚，相对如闻叹息声。

宋育仁

宋育仁（1857—1931），字芸子，四川富顺人。清末官邮传部小吏。辛亥革命后任国史馆修纂，反对袁世凯称帝，后主修《四川通志》。著有《时务》《问琴阁丛书》《问琴阁诗集》。其诗清逸可诵，七古尤矫健挺拔。

题青林山庄

欲归先设旧柴门，拟续桃源长子孙。
会客儿知苔径扫，居乡公早布衣尊。
汉溪入梦青山近，倭寇烧城白昼昏。
锦水郫江三百里，独怜犹作旅人魂。

再题离堆

蜀眼遥通滟滪堆，狀旋天地暗涛回。
炊烟合沓看云起，堰水奔流挟雨来。
峭碧倒窥下飞瀑，龙渊寂听隐惊雷。
滥觞一泻波澜壮，始信夔门禹凿开。

康有为

康有为（1858—1927），号长素，又号更生，广东南海人。清末以公车上书闻名于世，倡维新变法，失败后逃亡国外。民国初年先后居南京、上海、青岛。后助张勋复辟，为世人所唾骂。早年师从朱次琦学诗，学杜甫之神理结构、李白之畅快，近学龚定庵，大气澎湃，气象雄阔。有《南海康先生诗集》。汪辟疆称其诗"返虚入浑，肆外弘中，惟波澜大而句律疏，铺叙多而性情远"（《近代诗派与地域》）。

新筑别墅于杨树浦临吴淞江

白茅覆屋竹编墙，丈室三间小草堂。
剪取吴淞作池饮，遥吞渤海看云翔。
闭门种菜吾将老，倚槛听涛我坐忘。
夜夜潮声惊拍岸，大堤起步月如霜。

杭州西湖一天山人天庐成，赋诗付同薇女

劫是庄严或是贤，飞灰未尽我生年。
人间日暮知何世？山上云荒别有天。
予处幽篁冥昼雨，坐观沧海与桑田。
故乡无此湖山好，避地人言望似仙。

游大明湖登历下亭

城墙一角水拖蓝，画艇穿芦垂柳鬖。
历下亭前湖水瑟，济南风景似江南。

1923年

潘飞声

潘飞声（1858—1934），字兰史，号剑士，广东番禺人。清末诸生，曾执教德国柏林大学，讲授汉文学。后侨居上海，加入南社。窥唐宋门径，诗笔俊秀清隽，时有可诵。有《在山泉诗话》《说剑堂诗集》。

罗浮纪游二首

（一）

罗浮大云海，洞阴多野云。
云水日相涤，仙山古无尘。

（二）

云涛天半飞，月乃出石罅。
万壑荡空明，仙山古无夜。

渡黄河

莽莽中原尽战尘，沧桑残局又翻新。
卅年吾道其南意，今日黄河以北人。
贾谊终惭虚席语，王通留得著书身。
黄冠来去携琴客，弹向空山独自春。

李　详

李详（1858—1931），字审言，号百药生，江苏兴化人。清末贡生，民国初年任江苏通志局协纂，1923年任东南大学教授，以《文选》、陶诗、杜诗教授诸生。晚年寓居上海。有《李审言文集》。

得艺风先生冬月朔日书

维摩居士菩提坊，闭户雠书两鬓霜。
老托深心问毫素，病移衰腕注雌黄。
疏灯照梦惊千里，长柄腾嘲慨万方。
远道敬承河上曲，为怜公干在清漳。

窗　前

窗前竹影舞欹斜，对镜重看两鬓华。
著述未成生足恋，蹉跎已过志无涯。
飘飘旅雁临江海，猎猎风乌映鼓笳。
日暮不辞搔首立，归心都被白云遮。

萨镇冰

　　萨镇冰（1859—1952），字鼎铭，福建闽侯人。早年留学英国，曾任海军总司令。1922年回福建省任省长，不久下野。有《仁寿堂吟集》。

游适中洋邦村

　　春晴结伴步长堤，牛鼻山头碧树齐。
　　日午桥边人影小，风轻村外鸟声低。
　　冈峦起伏林泉迥，丁壮流亡妇孺凄。
　　遥望当时争战处，白云犹压紫岑西。

论汪精卫

　　未能永流芳，犹可作渔父。
　　奈何一失足，遗恨成千古。

张朝墉

张朝墉（1860—1942），字北墙，号半园，四川奉节人。清末入黑龙江巡抚程德全幕府，民国初年入宋小濂幕任省公署总务处科长，后任通志局编纂。先后发起成立龙城诗社、清明诗社、质园诗社。有《半园诗集》。

留园得句抄呈同社诸君共和

碧天无际踏江浔，新旧潮痕认浅深。
水鸟带波飞上树，村鸦向晚乱投林。
赌棋未了分争局，拣石常存爱护心。
社燕年年寻旧约，藏书楼外一沉吟。

杨增荦

杨增荦（1860—1933），字昀谷，号松阳山人，江西新建人。光绪间进士，先后为刑部主事、四川候补知府、广东署法院参事。民国初年为国史馆协修，交通部推事。卒于津沽。著有《杨昀谷先生遗诗》八卷。其诗早年学王维之高秀、白居易之平易、苏东坡之旷逸、黄山谷之老健。风骨峻深，秀外腴中，具隽永疏秀之气韵。

落　叶

何人画出有巢氏，莽莽荡荡颠乾坤。
虫天造字剩残瓦，蚁国谈兵聚古根。
百重幽涧久迷路，九阵狂飚时打门。
枯木堂中耆宿尽，寒鸦飞过夕阳村。

霜　雁

冒寒辛苦向南飞，绕遍枯湾觅旧知。
连日雾沉鸦噪乱，九霄风急鹤归迟。
凄音断续入骚谱，冷抱荒寒窘画师。
宿处微怜近彭泽，菊花犹见两三枝。

春 雪

二月长安初见雪，雪中犹有去年尘。

歌传玉树莺声脆，路近瑶台蝶梦新。

柳絮风前任漂泊，梅花月底较精神。

霜痕满镜不归去，孤负空山太古春。

周树模

　　周树模（1860—1925），字少朴，号泊园，又号沈观，湖北天门县人。清末官至黑龙江巡抚，1914年出任北京政府平政院院长。筹安会议帝制，他避而辞职，寓居北京。与樊山、左绍佐合称楚中三老。有《沈观斋诗集》。学养深而作诗勤，其诗出入唐宋，学白香山、韩昌黎、杜少陵、苏东坡、陈后山，取精用宏，不事雕琢而意境自高，清真健举。左绍佐跋其诗集云："新而不纤，深而不晦，淡而不枯，沉而不涩。"

咏菊同仁先作

　　　　孤花不自名，高人润色之。
　　　　黯淡一篱间，绵邈千载思。
　　　　可贵陶征士，非菊能尔奇。
　　　　菊讵不若人，爱人兼及诗。
　　　　识否作者意，游心黄与羲。
　　　　枕上过微雨，八表云下垂。

钓鱼台招饮

　　　　海水全枯土脉硗，白头一老此诛茅。
　　　　车驱每自穿驴市，鸟过犹应恋凤巢。
　　　　花市无多须对酒，松身附赘可为匏。
　　　　壁间剩有宸章在，谁解寻碑到近郊。

1921年

徐丹甫

徐丹甫（1860—1947），原名受虞，中年改名识耜，又字端甫，安徽歙县人。清末诸生，任盐务吏，五十岁以后定居上海，以卖字教馆为主。有《芳躅心室诗文集》。绝句清奇隽永。

问政笋

直节当岩见，长鞭避石行。
门前时拨地，林下昔留情。
佐酒延诗客，居山有政声。
勃然千颖发，和鼎味能清。

1925年

无　题

门无荒草径无苔，洒扫黄尘日几回。
如此零星花数朵，亏他蜂蝶会飞来。

岑川十咏

芳草萋萋没烧痕，春风吹绿柘林村。
迷濛景比清明好，细把襄阳画品论。

为观红豆识前山，萝带松钗水石间。
不料秋来妆更好，白云红叶媚螺鬟。

1932年歙县

李麟兮

李麟兮（生卒年不详），字子祺，四川巫溪人。民国初年来黑龙江，历任省立师范教师、通志局编纂。有诗文六卷。

游　兴

可怜好中华，路权归外国。
膏腴地无垠，不见禾黍殖。
齐齐哈尔城，会垣新组织。
衙署尽辉煌，街衢禁逼仄。
圜法藉纸条，物价高无极。
八月即繁霜，冷风不稍息。
往来看行人，尘堆面如墨。
终日坐冷斋，防冷如防贼。

贺良朴

　　贺良朴（1861—1937），字履之，号南荃，湖北蒲圻人。拔贡出身，初任北京美专教授，后应蔡元培聘，在北京大学教书。先后参加寒山诗社、漫社、嘤社活动。有《南荃全集》，卢弼序中说他"诗酒兼雄而又工画，太白、辋川合而为一"。

新　晴

　　侵晨喜听唤晴鸠，筇笠安排便出游。
　　料得西湖应待我，两峰螺拥正梳头。

睡　起

　　长日如年睡起迟，空阶槐柳碧阴垂。
　　花间黄鸟鸣千啭，叶底青虫挂一丝。
　　有约客期今雨榭，联吟人在晚晴簃。
　　吾衰未觉情怀减，日理图书夜课诗。

长城和小室翠云韵

漫诩强秦百二关，狐鸣篝火起田间。
长城设险终何用，落日悲风吼万山。

乞儿号 七古

千门键钥行人稀，一声哀龠风凄凄。
饥不得食寒无衣，昼犹可耐夜安归？
长安市上谁启扉，残更向尽声渐微。
朱门酒肉逐昏晓，野草无青载饿殍。

王寿桁

王寿桁（1862—1941），字伯秀，福建仙游人。著有《行行草诗集》。

哀金门

金门失去已经旬，开府何曾问水滨。
忍听饿鸥声一叫，新亭收泪竟无人。

1937年

秦敦世

秦敦世（1862—1944），字湘丞，号大浮老人，江苏无锡人。民国初年任清史馆协修。有《大浮山房诗文钞》。其诗意奇境阔。

理安寺

闲来杖策叩僧扉，石磴千盘山四围。
野鸟一声红叶落，疏钟几杵白云飞。
饱餐颇喜山中味，说法谁参世外机。
谡谡松风拂衣袖，萧然吾亦憺忘归。

什刹海

忽忽黄粱一梦醒，天风吹去又重经。
新荷等是无情碧，高柳依然放眼青。
俯仰山林残照下，凄凉池馆暮烟冥。
枝头时鸟声千变，付与诗人仔细听。

齐白石

齐白石（1863—1957），原名璜，字濒生，别号借山吟馆主者，湖南湘潭人。年轻时入碧湖诗社，携诗文谒王闿运，王戏说其诗"类薛蟠体"。后游名山大川，以画为生，夜晚攻诗。1917年进北京，认识陈师曾，师曾劝他画其胸襟所有，力拔流俗。后自创红花墨叶一派。1922年师曾携白石画往日本参展成功。1927年任北京艺专教授。其诗以俗为雅，自成一家。

题"不倒翁"画

能供儿戏此翁乖，打倒休扶快起来。
头上齐眉纱帽黑，虽无肝胆有官阶。

乌纱白帽俨然官，不倒原来泥半团。
将汝忽然来打破，通身何处有心肝？

题画白菜

朱门良肉在吾侧，"口中伸手"何能得？
是谁使我老良民，面皮变作青青色。

山水画

曾经阳朔好山无，峦倒峰斜势欲扶。
一笑前朝诸巨手，平铺细抹死功夫。

题友人冷广画卷

对君斯册感当年，撞破金瓯国可怜。
灯下再三挥泪看，中华无此整山川。

黄宾虹

　　黄宾虹（1863—1955），别署虹庐，安徽歙县人。曾入南社，又协助邓实编《国粹学报》，发起组织金石书画艺观学会。1930年任中国艺专教授、校长。袁世凯曾拉拢他，日寇曾胁迫他出来，均被坚拒。其诗于淡雅中不乏活泼动态，得山水之真精神。有《蜀游草》等。陈三立以"岷峨挺秀"比譬其诗之卓荦。陈声聪认为其诗"精警密栗，雅近（钱）籜石，画人中不多靓也"（《兼于阁诗话》）。

飞瀑泉

众壑水争喧，分流绕果园。
林阴云蓦起，深处一寻源。

泷中夔

幽影激铿锵，风回溪语长。
湍流入平野，罗縠织文章。

磐石山

老去将军树，婆娑荫子孙。
根蟠千仞石，云散便当门。

碧云寺塔

尽日携筇入乱松，诸天环抱拥千峰。
曼陀宫殿经时雨，薜荔垣墙尽日风。
短梦流年生死外，微尘国土有无中。
凭高骋望愁难断，只忆飞鸿在碧空。

独秀山

清游日日卧烟峦，桂岭环城水绕山。
回渚扁舟催日暮，中天高阁碍云还。
眼红霜叶秋同醉，头白沙禽老共闲。
入夜西风破急浪，愁心枕上送潺湲。

题画雁宕山巨幛

群峰削玉摩青穹，赪霞缥缈神仙宫。
花村鸟树瓯海东，波涛蔽日回长风。
揭来舍舟蹑茏苁，盘过百涧蛮障雄。
城墉黝黑铁云中，旌旗招展朝暾红。

题画嘉陵山水 七古

嘉陵山水江上游，一日之迹吴装收。

烟峦浮动恣磅礴，画图挽住千林秋。

秋寒瑟瑟窗牖入，唐人缣楮无真迹。

我从何处得粉本，雨淋墙头月移壁。

刘洪辟

刘洪辟（1864—1939），字舜门，号筱和，晚号廉园老人，江西萍乡人。光绪间举人，任彭泽知县。民国初年任萍乡县教育局长，并主编《昭萍志略》。著《学馀轩诗稿》。其诗写景言情，纯任白描，而不失于雅炼。

消寒杂咏 选二

（一）

委巷穷民担负荆，沿街唤卖计谋生。
蒙头袂结肩肘耸，没胫泥深足屦倾。
衰鬓霜凝如铁劲，饥肠腹转作雷鸣。
得钱笑入村坊肆，唤酒呼茶莫辨名。

（二）

肮脏沿门手一荆，满身褴褛劫馀生。
风饕雪虐争禁冻，炙冷羹残任所倾。
日曝黄棉呼袄出，市过赤脚引箫鸣。
王孙一饭凭谁进，博得千秋漂母名。

喜　晴

环途九轨绕江城，信步寻春得得行。
残梦渐消花信递，冻雷微震草芽惊。
盆鱼吐沫轻浮水，笼鸟梳翎巧弄晴。
最是田家农事早，东皋泥暖一犁横。

丰城舟夜

城高月黑夜深昏，万顷无端浊浪翻。
狂雨打篷惊客梦，猛风聒耳欲舟吞。
剑光寂寂匣中敛，蜃气蒸蒸水上掀。
险避恶潮江岸拍，篙工兀坐悄无言。

鄂湘车次口占

千里归程催腊鼓，汉皋车发近黄昏。
电灯明灭乱人影，月晕迷离浸雪痕。
磷火鬼疑惊伯有，鸡声夜欲舞刘琨。
宵深渐觉饥肠转，喜到蒲圻酒正温。

杨锡章

杨锡章（1864—1929），字子文，号了公，又号几园，别署乳燕，江苏松江县人。民国初年任奉贤知事。南社松江派前辈，初学郑板桥、袁枚诗，后学陈师道、陆游诗，理趣风发，简淡轻婉。

西 泠

山楼隔雨一樽开，看我轻摇双桨回。
静对微风先欲醉，为它吹过酒旗来。

梅 花

西风猎猎万山愁，正是寒梅得意秋。
谁把冷香和雪咽，词人侧帽酒家楼。

题老梅

正是春晴把酒时，老梅俯首照江湄。
残枝偃蹇开花懒，不谢东风特地吹。

和庚吉

和庚吉（1864—1950），字星白，号松樵，云南丽江人。清末在四川乐至等县作官，后还乡隐居。著有《退园韵语》。

感　时

世界纷争何日休，称雄几辈博公侯。
可怜枯尽生民骨，夜哭频闻战垒愁。

丽江杂咏

西入金沙折北湾，怒涛冲断玉龙山。
江村一事仍元制，齐跨皮囊渡往还。

程颂万

程颂万（1865—1932），字子大，号十发居士，湖南宁乡人。曾官湖北候补知府，民国初年居故里，一度居庐山，结匡山诗社。晚年侨居上海，有《楚望阁诗集》。早年作诗，受王闿运影响，好作乐府歌行，才藻艳发；继而生新雅健，一变而为沉著坚苍，出唐入宋，不为湖湘派所囿。

天池寺

废阁凌虚松扫坛，聚仙亭上一凭阑。
近攀南斗七千仞，直下东林十八盘。
潭古龙鱼淹昼晦，塔荒猿鸟竟高寒。
神灯夜夜来相照，莫讶天边行路难。

张霖如

张霖如（1866—1933），字亦三，河北安国人。民国初年在黑龙江，1916至1923年先后任青冈、拜泉、龙东县知事。

边城晚眺三首 选一

暮烟迤逦澹遥空，笳鼓凉催塞外风。
远树夕阳留晚照，万鸦如叶扑残红。

蒋智由

蒋智由（1866—1929），字观云，号因明，浙江诸暨人。曾游学日本，晚年寓居上海。其诗句律精严，思致缜密，其独往独来之气，又与李太白相近，健拔而多感怆。喜以新理致、新词汇入诗。清亡后钻入佛学中，自甘遗民身份。陈曾寿书其集后云："闻国变后，蒋氏杜门不出，其子作都督，乃拒之不使见，诗有'西山薇蕨'之语。"

九 日

兵革长开九宇颠，山川好在未能前。
纵怀旧约须抛得，欲觅登高只慨然。
陟巘盘崖徒想象，传萸把菊任因缘。
人生国乱真愁绝，佳节身逢亦可怜。

不 寐

梧桐当后院，不寐听高风。
市语参横歇，宵光槛曲通。
时惟闻战伐，道合在幽穷。
不断苍生梦，偏惊白发翁。

复 春

戈戟何由静？江山已复春。

律吹笳路动，草发战场新。

怀葛疑天府，秦桃隔洞民。

风光冷愁眼，输尔太平人。

何振岱

何振岱（1867—1952），字梅生，福建闽县人。清末举人，民国以后隐居故里。有《我春室诗集》。其诗得力于柳宗元、孟郊、贾岛、姚合、梅尧臣、陈师道，孤峭精深，秾至中有淡远。旷远幽微之景，经他拈出之后，方觉其妙不可言。钱仲联在《近百年诗坛点将录》中说："读梅生诗，如置身九曲十八涧间，隽秀刻深，虽无宏伟之观，无愧山泽之癯。"

杂 题

春风机杼千百家，蚕为虫圣天所嘉。
蜘蛛学蚕巧有加，只嗜翾虫网落花。
物情所吐视所茹，食叶食虫各肠肚。
怜痴博古矜学书，可怜吐词如蜘蛛。

孤山独坐雪意甚足

山孤有客与徘徊，悄向幽亭藉绿苔。
钟定声依无际水，诗成意在欲开楼。
暮寒潜自湖心起，雪点疑随雨脚来。
一饮恣情宜早睡，两峰晓待玉成堆。

花朝钓鱼台忆去岁湖上之游

去年湖上花无赖，乱点清漪趁翠篷。
鱼出吹开波面绿，莺流惊落岸边红。
纵寻旧事人非昔，欲赋春愁老不工。
寂寞京尘孤胜赏，钓鱼台畔古松风。

王允晳

王允晳（1867—1929），号碧栖，福建长乐人。光绪间举人，曾入北洋海军幕府，官至婺源知县，后隐居故里。晚年苦吟为诗，力戒凡近，初学刘贡父之排奡、黄山谷之奥峭、姜白石之清刚，后学曹植、岑参，意境高远。著有《碧栖诗》、《碧栖词》。

题乡村小女画山水赠石遗

乡村小女憨嬉惯，乱剪秋江贴扇头。
却被老夫持换酒，石遗厨下好糟丘。

旅 思

柳絮生涯一刹那，梨花时节断经过。
斜阳如水无人管，今夜春寒可奈何？

七月十五夜再泛螺江与听水老人同赋

风景依然淡不收，空江十步便知秋。

请看去水无留影，莫遣微云在上头。

有酒就君先一醉，无诗愧我续兹游。

经年世事何从说，借与船唇睡即休。

春郊杂诗

东冈亭阁雾全沉，西崦横林漏日阴。

漠漠水田最平实，不应空际觅诗心。

曾习经

曾习经（1867—1926），字刚甫，号蛰庵，广东揭阳人。清末官户部员外郎，民国后归故里。近代岭南四大家之一。著有《蛰庵诗存》。叶恭绰认为他在中年后"陶冶精纯，意境深远，信为巨手，视节庵（梁鼎芬）之清刚隽秀，殊途同归"。

端午泛舟溯河数里

杨花燕子争轻俊，五月村庄似冕春。
过雨断云时做暝，缘源尽日不逢人。
劳生有暇天应直，佳节无聊酒觉醇。
摇兀小舟忘近远，拔蒲归路月痕新。

袁珏山所藏潘莲堂《焦山图》

满眼江山涕泪成，廿年浮玉旧题名。
故山好在今难讯，奈此江流日夜声。

田间杂诗十四首 选一

夜起微茫月坠霄，青芦风动响萧萧。
平生久惯江乡味，却又关心早夜潮。

张　鸿

张鸿（1867—1941），号橘隐，江苏常熟人。官内阁中书，后往日本任长崎领事。民国初年回家乡兴办教育，闲则啸咏歌吟。著有《蛮巢诗词稿》三卷。其诗由李义山而上窥杜少陵之堂奥，晚年沉浸王安石、梅尧臣诗。

初夏游破山寺

一路绿阴浓，遥闻古寺钟。
山深疑伏虎，涧破不藏龙。
来访径中竹，回看墙外峰。
偶同僧入定，尘梦醒重重。

落花八首寄和无恙 选一

东风万点卷残红，掩映馀霞落照中。
纵令飘茵成艳果，会看抱蔓入枯丛。
金铃难护三更雨，玉笛谁吹五月风。
薄暮倚栏人独立，伤春心事问谁同？

闻十九路军战胜喜作

吴淞江上动军笳，席卷功成刻日夸。
谁料巷头飞怒虎，竟能赤手捕长蛇。
三山白骨烧磷火，万树红樱幻血花。
今夜沙场明月下，战魂应愧渡天涯。

刘善涵

　　刘善涵（1867—1920），字淞英，湖南浏阳人。1913年任财政部佥事，后回长沙盐务局任职。有《蛰云斋诗文集》。

无 题

渌水如虹影动摇，襟边冷籁散亭皋。
诸天须色吹神思，万壑琴声送海涛。
仙梦影飘林外蝶，酒杯痕湿槛前鳌。
飞龙石濑愁思迥，忍和香人廿五骚。

赵 熙

赵熙（1867—1948），字尧生，号香宋，四川荣县人。清末任监察御史，民国后退居故里，修志讲学，读书吟咏。四川一地，师从学诗者众。朱德、程潜、章士钊曾登门拜谒。其诗学三唐两宋诸大家，自具炉锤，清新洒落，深微婉至。陈声聪评其诗云"古体兵足马肥，千言力就；近体则山水清音，唐神宋貌，七绝尤多隽语"（《兼于阁诗话》）。汪佑南说他"五律最胜，诗境冲淡，绝无煅炼痕迹"（《山泾草堂诗话》）。今有巴蜀书社版《赵熙集》。

初上轮船远望

白日青天楚望开，船头人坐九成台。
大轮激水长鲸动，乱树排山万马来。
辟路全球凭力取，考工吾国失心裁。
渡汾望海轰今古，虚费秦皇汉武来。

送壮丁

山城吹角瘦男行，岌岌神州待用兵。
太白芒星宵正发，雕青恶少市仍横。
疲牛黍地忘耕苦，卧犬花阴吠月明。
世乱好纾人满患，非关东海斩长鲸。

1941年

宿乌尤山楼

竹边楼阁翠重重，梦里依然旧日钟。
千古江声流不尽，三峨秋色晚尤浓。
清时此地吟归雁，海穴通潮蛰老龙。
起视神州无限黑，几星残火照中峰。

八十四盘

是称散原笔，高词鑱石尖。
树横夜叉臂，苔挂老君髯。
百转行无极，洪荒物所潜。
山高受日早，玄义悟《华严》。

1934年

七天桥

山空秋月明，林外瀑泉清。
露重荥经雨，天高西藏晴。
松杉寒入色，星斗落同声。
莽莽洪荒处，何人似此情。

千佛顶

开辟夜不尽，苍苍华藏秋。

中天一秋月，万古此高楼。

呼吸通星界，华夷判地球。

雪山五万里，栏外是神州。

蔡元培

　　蔡元培（1868—1940），字鹤卿，号孑民，浙江绍兴人。1907年赴德国莱比锡大学研究哲学、美学。1912年南京临时政府成立时任教育总长。1916年任北京大学校长，延请陈独秀、胡适等新派人物为教授。1927年出任国民政府大学院院长，次年改任中央研究院院长。三十年代与宋庆龄、鲁迅等发起成立中国民权保障同盟。病逝于香港。其诗能在景色中孕含理趣，清雅隽妙。

七绝二首

（一）

昼观鱼鸟夜观萤，活泼光明总不停。
倘使眼前皆死物，更从何处证心灵。

（二）

寂如止水一湖平，闸泻溪流了不惊。
赖有薰风与吹绉，万方活色眼帘呈。

西郊驴背口占

驴背安闲胜似车，远山丛树望中赊。

秋容黯淡已如此，几处新开荞麦花。

1920年秋

山上古壁

风景真宜长夏夸，般般色相斗秾华。

最怜万绿平铺处，几朵深红罂粟花。

1924年5月

和知堂老人五十自寿二律

（一）

何分袍子与袈裟，天下原来是一家。

不管乘轩缘好鹤，休因惹草却惊蛇。

扪心得失勤拈豆，入市婆娑懒绩麻。

园地仍归君自己，可能亲掇雨前茶。

（二）

厂甸摊头卖饼家，肯将儒服换袈裟。
赏音莫泥骊黄鸟，佐斗宁参内外蛇。
如祝南山寿维石，谁歌北虏乱如麻。
春秋自有太平世，且咬馍馍且品茶。

1934年

咏红叶四绝

枫叶荻花瑟瑟秋，江州司马感牢愁。
而今痛苦何时已，白骨皑皑战血流。

半江红树卖鲈鱼，记得真州景色殊。
斗笠红蓑风雨里，淮南一例哭穷途。

1938年

路青云

路青云（1868—1952），安徽怀远人。民国初年，在山西从事矿业，后返乡创办路岗小学。

湖上草堂吟

彻旬淫雨没占晴，麦误扬花野误耕。
破屋见天惊滴漏，熟梅落地听无声。

题驿路

熙熙攘攘往来频，莫辨东西南北人。
只为虚空名和利，不知丧煞几何身。

鸡　鸣

天放晨光报晓鸡，一鸡甫唱百鸡啼。
英雄起舞高声唤，唤醒同胞莫醉迷。

孟 森

孟森（1868—1938），字心史，江苏武进人。早年留学日本研习法律，民国初年当选为国会议员，先后为中央大学、北京大学教授。史学家，著有《清史讲义》《心史丛刊》等。诗风典赡浑融。

快 阁

万流仰镜也归墟，岂为云山胜莫如。
宋国已分南北限，故家能守子孙居。
百年直以名为累，一卧方知快有馀。
事隔几朝更几姓，入门犹想纳楹书。

涂同轨

涂同轨（1868—1929），号容九，江西修水人。清末优贡，签分广东某县知县。清亡后归故里。民国初年担任《大江报》主笔，历任江西第四、五师范校长、省立十五中校长。诗风婉丽幽隽，不事钩棘。著《朵云诗集》一册。邵瑞彭序其集云："上颖八代，出入唐宋，奄有西昆、江湖之长，而其托兴渊微，发言谭邃，则又吻合欧、王、双井诸家，变通而神明之。"

即　目

雀拳新竹任风斜，瓜蔓颓垣绿影遮。
一抹残阳悬屋角，坐看蛛网劫飞花。

寓园月下

一轮冰魄上檐牙，雁语云潢瘦影斜。
知道夜凉微露里，有人酲眼看黄花。

杨寿楠

杨寿楠（1868—1948），字味云，晚号苓泉居士，江苏无锡人。民国初年历任财政部次长、山东省财政厅长。1922年为无锡商埠督办，复任财政部次长兼盐务署署长，1935年寓居天津。著有《云在山房类稿》《云在山房骈文诗词选》等。诗宗唐韵，近李商隐，以雅丽胜，与西昆派相呼应，能以苍健救西昆缛丽之失。

秋草"九一八事变"四首 选二

（一）

悔从南浦种愁根，荒径萧萧自掩门。
青鬓凋残名士感，红心凄黯美人魂。
寒螀吊月声都咽，瘦蝶栖香梦不温。
依旧画桥西畔路，冷烟疏雨写秋痕。

（二）

摇落边城一夜霜，寒芜漠漠塞云黄。
胭脂夺去山无色，苜蓿移来土尚香。
猎骑撤围骄雉兔，穹庐笼野散牛羊。
玉关一路伤心碧，谁向龙沙吊战场？

游角山寺

访古投僧寺，登高吊战场。
海云含雨黑，关月带沙黄。
剑拭虹光润，衣沾蜃气凉。
遥知闺里梦，今夜到辽阳。

胡石予

胡石予（1868—1938），名蕴，江苏昆山人。在吴地执教多年，治经尤勤。与常州钱名山、金山高吹万号称江南三大儒。有《半兰旧庐诗集》。沈瘦东认为其诗"如野蔌山肴，不称豪举"。

近　感

偶依牛迹循春陌，时有鸟声唤夕阳。

豆叶雨肥连亩绿，菜花风暖袭衣香。

魏元载

魏元载（1868—1940），江西南昌人，魏元旷之弟。年三十五时仕为考功郎，辛亥后为遗民。归南昌近郊，舌耕终老。著有《沧江岁晚集》。

甲子守岁

剑南到死馀忠愤，嗣响原来逸晚唐。
几见芳洲歌杜若，等诸峡夜感沧桑。
萧条异代名难灭，寂寞荒村世与忘。
四壁风森酒力薄，拥衣和梦倚胡床。

数椽天地一蘧庐，愧比南阳抱膝居。
花径朝曦和露灌，瓜畦微雨带经锄。
袁刘鼠辈况逾下，荆楚遗风岁又除。
总把齐民增要术，漫传新句逼黄初。

1924年

己巳病起用逸兄春暮原韵

幽居面面蠹风烟，阅世应瞻拱北轩。
博塞竟将孤注掷，婆娑赖有一灯传。
坐看龙伯沉双岛，思救天吴障百川。
八表同昏平路阻，杖藜赢得日行田。

1929年

王　瀣

　　王瀣（1869—1943），字伯沆，晚号冬饮，江苏溧水人。曾入钟山书院读书，后到南京龙蟠里图书馆任职。当时陈三立居南京散原精舍，聘他为家庭塾师。入民国，先后为南京高等师范学校、东南大学、江苏大学、中央大学国文教授。抗战期间，因中风疾未能随校往重庆，迁入难民区宁海路，不久逝。作诗宗宋诗，力臻奥衍深厚。

书　事

由来称乐国，一榻卧邱樊。

何处非吾土，逢人问故园。

城偏归梦阻，楼迥战声繁。

所愧无佳酿，邻翁枉见存[①]。

养疴宁海路，封泪寄幽燕[②]。

白马悲张劭，围城记鲁连。

藏书同感喟，挂眼待桑田。

何日还家去，重吟三吏篇。

原注：①时邻董翁枉顾。②谓散原翁。

1937年12月南京

楼　望

楼居寂坐守清严，默诵《黄庭》与《玉钤》。

身外不知人世在，病馀唯觉晓风尖。

一丸芦菔浇胸次，百变朝昏下眼帘。

满抱幽忧无客过，野花如雾雨纤纤。

1938年春南京

一帆寄示次吴霜崖先生除夕韵诗，和博一粲五首 选一

万柳摇天绿可衙，日长残卷对《南华》。

化鹏击水心原壮，腐鼠骄人眼已花。

果是蝍蛆难别味，由来野马易忘家。

剧怜羁旅江头客，一样临风数怨笳。

章太炎

　　章太炎（1869—1936），名炳麟，字枚叔，别号太炎，浙江余杭人。早年师事经学大师俞樾，后东渡日本，创办国学振兴社。辛亥革命后，反对袁世凯专制，亲至总统府，大骂袁世凯包藏祸心，被羁留监视。作诗崇尚汉魏五古诗及乐府，主三唐而薄两宋。其诗古朴醇茂。钱仲联言其诗"学汉魏乐府，诘屈古奥，与其论诗之主张相合"（《近百年诗坛点将录》）。

九　日

国乱竟无象，天高空我知。
出门时傍菊，中酒复盈卮。
谈笑随年劣，清狂入道迟。
危楼亦乘兴，恨乏九能辞。

1921年

防　疫

高柳日光赤，飞尘乱度楼。
济生无橘井，隐背尚藜床。
灶上若新菜，阶前杅酢浆。
何当赴龙窟，一写百金方。

1922年

得友人赠船山遗书二通

天开衡岳竦南条，旁挺船山尚建标。
凤隐岂段依竹实，麛游长自伴松寮。
孙儿有剑言何反，王者遗香老未烧。
一卷黄书如禹鼎，论功真过霍嫖姚。

1927年

寄亦韩、仲荪

蹈海千行旅，磨坚一秃翁。
兼葭随露白，鸿雁入云空。
地坼成初郡，民劳不素风。
试试紫衣曲，应与夏黄同。

1927年

人　日

塞上春风草又新，天开胡骑蹴轻尘。
南朝烟柳干何事？万里车书付故人。

1933年

阮忠植

阮忠植（1869—1936），字公槐，安徽合肥县人。曾任吉林军辖发审局总办、交涉局总办，授双城通判。1914年任吉林省西北路观察使，后任吉长道道尹、依兰道道尹。

三姓土风

倦眼看三姓，惊心阅六春。
地原旗管领，治改道分巡。
土著皆胡裔，金邦号女真。
峰峦环市井，城郭枕江滨。
北面松花岸，东居赫哲人。
他方来垦殖，遍野辟荆榛。
葛氏称豪族，关家习武身。
昔曾旧部落，今已设村屯。
将种官披甲，农夫月建寅。
雀翎飘孔翠，乌拉踏层茵。
伏腊追先祖，年时跳家神。
胙馀分祭肉，菘美类乡莼。
屋里锅连炕，炉炊木作薪。
游牧供生活，开荒别晌昀。
暖寒乖节序，满汉结婚姻。
比户无缠足，深闺爱点唇。
翌竿缘抱本，高髻懒翻新。
操业多围猎，偷安不厌贪。

杨赓笙

杨赓笙（1869—1955），号咽冰，江西湖口人。早年毕业于两江师范学堂，入同盟会。辛亥后任江西省民政厅长，随同李烈钧参赞戎幕，一度代理省主席。湖口起义失败后，逃亡日本、南洋。三十年代，冯玉祥邀入幕府为秘书长。后授国民政府军委会参议虚衔。嗜苏东坡、黄山谷诗。著有《苏降集》《伏枥轩诗钞》。诗风沉雄浑浩，包孕时感。柳亚子以为其诗兼采白居易、陆游之长："半是香山半放翁。"

偕友人游秦淮河感赋

残脂剩粉石城头，污尽秦淮水不流。
乐伎未凭夫子庙，芳魂难问媚香楼。
江山文藻空陈迹，灯火河房感旧游。
争把莺花谈北地，那知今已缺金瓯。

1931年

一二八之役余寓沪，南昌传余死敌弹，门人争驰电讯问，诗以释之

病中疏懒乏鸿鳞，恶耗相闻信有因。
太白由来人欲杀，东坡传说死未真。
裹尸马革嗟无分，对泣牛衣志未伸。
若果弹丸真及我，老夫含笑得成仁。

1932年

答友人言事

半载胡尘蔽太空，刚清淞沪又辽东。

金瓯地缺尧封内，木屐天骄禹甸中。

昔日冤禽都失性，谁家豚犬可图功。

频年铸错知多少，赢得苍生泪眼红。

1932年

丙子重阳感怀四首 选二

（一）

西风飒飒石头城，吹出熙熙皞皞声。

几处华堂庆丝竹，万家生佛祝公卿。

安危与共惟忠义，忧患难忘是老成。

寂寂柴门秋草里，陵园高卧李西平。

（二）

誓与茱萸不再逢，文山壮志久相同。

谁知仆仆苍颜叟，竟作皤皤白发翁。

秋水一江无赖碧，夕阳千嶂可怜红。

岁寒自有贞松出，却傲人间落帽风。

1935年

书愤两首

（一）

神州真到陆沉时，回顾茫茫泪暗垂。
半偈欲持无我相，一樽谁破使君眉。

（二）

何人可作群龙首，若个能留死豹皮。
徒倚楼头天又晚，盈腔孤愤一灯知。

1936年

感事四首 选一

猎猎杂风镇上游，补天无术碎金瓯。
英雄自昔皆屠狗，冠带而今尽沐猴。
故鬼岂知王氏腊，遗民空泣汉宫秋。
伤心八表同昏日，尚有人添海屋筹。

1938年

程天锡

程天锡（1869—1951），字晋三，甘肃文县人。光绪三十年进士，授云南禄丰知县，未到任。民国后在兰州师范、兰州中学、兰州女子师范任教。有《涤月轩诗集》《爨余集》。论诗强调创新与学识、积气相结合；取王渔洋、赵秋谷、沈归愚诸家之所长而弃其短。其诗由吴梅村、元遗山而上溯晚唐，丽而不缛，简而有则，清新妍妙，于俊爽中仍存缛丽婀娜之致。

感　言

序：某视察员来甘视察至天水，受某司令贿饰词报中枢，称其治军有律无屠杀焚掠事，可叹也，因有是作：

水带血流下渭滨，啾啾鬼语杂酸辛。
凶锋谁敢撄屠伯，肉眼卿偏识圣人。
不信妖狐能幻象，公然猛虎化祥麟。
使星枉说来天上，几照平原白骨新。

论　诗

桃宋宗唐见尽融，是丹非素耻从同。
敢云子面如吾面，妙极人工即化工。
大海弥漫因积气，神龙变化总行空。
灵机自向心源讨，爱绝芙蓉出水中。

造意须知在笔先，薰香摘艳仅皮妍。

佛家负法驱龙象，兵略穷神彻地天。

印物无痕花在镜，弯弓待满箭离弦。

古人歌咏惟言志，好把虞廷派共传。

壬申仲夏南京飞机开始至兰，赋志

不乘车马不乘船，万里行空过眼烟。

无翼亦飞天有路，凌风竟去我疑仙。

江南塞北通俄顷，电掣星流任转旋。

往还京陇须臾事，缩地长房未足贤。

1932年

严绍曾

严绍曾（1869—1941），号懿叟，云南宜良县人。在家设帐教书。著有《知懿斋诗章》。所作严谨清雅，每藉咏怀以吐不平之气。

滇　云

滇云万里本遐陬，文物声名厥有由。
开辟榛荒庄蹻力，继擒敌首武侯谋。
革囊竞渡元张焰，玉斧轻挥宋失筹。
莫道爨蒙多浅陋，人才原不亚中州。

步张船山先生梅花 选一

碧纱窗外两三枝，得气非关造物私。
几尺断桥寻旧约，一湾流水是相知。
西川冰雪杜陵屋，东阁风霜何逊诗。
莫笑寻芳驴背客，有人看到月明时。

丁传靖

丁传靖（1870—1930），字秀甫，江苏丹徒人，贡生出身。诗学梅村体。有《暗公诗存》。早年歌行体往往绮丽缠绵。民国后居天津，诗风一变为凄楚多慨。梁启超认为他"绝似剑南学杜诸作也"（《饮冰室诗话》）。

南归杂咏

黄流终古固宜防，今日虹桥百丈强。
海水群飞河转定，一杯我欲问苍茫。

将归岭南留别

百无聊赖过零丁，遥睇中原一发青。
避地诗人哀故国，渡江名士泣新亭。
山河运歇英才尽，鼙鼓声沉战血腥。
鹑首赐秦天亦醉，只怜羁客独长醒。

陈乾安

陈乾安（1870—1927），名宏图，又名鹤年，别号冰鹤，重庆忠州人。诸生出身，以教读为业。工诗赋，著有《聊复尔尔轩诗存》，辞采典雅，气象开阔。

庚申和李峙青感世八首 选四

（一）

太息中原万派波，星霜驰逐易蹉跎。
田间夥计鸳鸿鹄，马上雄威喷鬼魔。
沧海横流鱼鳖祸，绿林随处虎狼多。
吾生不幸膺时变，痛哭乾坤唤奈何。

（二）

云龙风虎又纷争，跋扈将军一剑横。
欲假虎威倾粤垒，原攀龙尾附欧兵。
华人守壁犹观望，德帅降幡已会盟。
可惜金瓯凭手掷，瞽人无相总伧伧。

（三）

满洲沉坠帝王星，憔悴阿禅老后廷。
黠帅弄兵多诈术，伧夫复辟昧常经。
黄陂出走苍生泣，南院空悲碧血腥。
大乱已如原上火，当年何不救荧荧。

（四）

东南浩劫总成灰，愁锁夔关杀运来。
誓逐黔军归故土，只缘蜀地产英才。
穷民满地寒入雪，战鼓惊天猛似雷。
引领诸军齐解甲，九霄云汉赋招回。

1920年

余若琎

余若琎（1870—1934），字达夫，贵州毕节人，彝族。曾先后任贵州省立法议员、大理院推事。有《遂雅堂诗集》。

漫 兴

拥旄割地擅强梁，百样诛求各主张。
盐荚屠猪争驵侩，膏捐饮鸩更猖狂。
骄兵不戢皆成寇，纵盗招安俨是王。
忍看萑苻作骄子，铅刀未用弃干将。

蔡云万

　　蔡云万（1870—?），字选卿，一作选青，江苏盐城人。1918年投奔淮扬护军使马玉仁，任使署秘书兼师部书记官，1927年任《盐城日报》主笔。后在上海充任马玉山家庭教师。著有《蛰存斋笔记》。其诗不少是描写苏浙之战、苏奉之战的真实场景，

七绝二首

（一）

野帐分栖即是家，飕飕扑帐响风沙。
一钩遥挂关山月，绝少近城夜半笳。

（二）

木绳为架布为门，团坐如床藉藁温。
官佐士兵都莫辨，睡时席地食时蹲。

游秦淮

六朝留得此情波，游艇穿花晚更多。
翻觉人间胜天上，双星犹怅隔银河。

脸盈纯是一团骄，未展眉峰只自描。
香气暗倾花露水，粉痕淡抹雪花膏。

陈性初

陈性初（1871—1939），名嘉祥，又名庆善，以字行，福建漳平人。清末秀才，参加孙中山革命活动，曾当选荷属巴达维亚（今印度尼西亚首都雅加达）议会代表，为当时华侨领袖之一。

和陈君壁东《哀广东》二绝原韵 选一

城沦那得比亡羊？南越钟灵一扫光。
任敌长驱无抵抗，不堪回首哭重阳。

陈树勋

　　陈树勋（1871—1962），字竹铭，广西岑溪人。历任广西民政、政务厅长、省参议会副议长。吕一夔《竹庐诗存序》中云："冲夷恬淡，纯任自然，不务艰深，独探道蕴。去新旧之偏，宜雅俗之赏。看似无奇，境非易到。拟之诚斋（杨万里），仿佛似之。"其诗平易自然，清俊疏朗。无刻意求工之心，有蹊径自开之法。

次韵李季卿己卯除夕

　　　　出师抗敌已三年，壮士何时奏凯旋。
　　　　谁遣残云连碧海，欲携诗句问青天。
　　　　杞忧心事难孤立，匏系生涯爱早眠。
　　　　除旧更新从此始，明朝起看万家烟。

1939年

龚乾义

· 龚乾义（1871—1935） 字惕庵，福建福州人。受业于陈木庵，诗名藉甚，陈衍称其诗与何振岱诗为福州"二难"。曾任厦门大学国文讲师。

清明有怀寄碧栖福州梅生陀庵京师

逢辰羌亦欲云云，倚遍勾栏易夕曛。
疏壤涉春殊未绿，小山负海直能云。
携家上冢倾城郭，款寺追花盛展裙。
南朔佳时端可念，等闲亦发数奇分。

石遗先生命和荷塘遇雨之作

连塍界陌见幽塘，雨过田田送水香。
未厌无花迎日堕，稍怆有伞貌青凉。
高吟谁会槎桠意，薄植虚云长养方。
凭杖东君好回报，南风四月倘争场。

陈训正

陈训正（1872—1943），字无邪，号天婴室，浙江慈溪人。民国初年代理浙江民政厅长，后两任杭州市长。有《天婴诗辑》《无邪室诗存》。能以宋格为主而润以唐韵，似王安石、陈师道诗，简淡超隽。《夫须诗话》评其诗"莽苍奇古，不主故常"。陈三立题辞云："惨辉妙旨，成嵯峨俶诡之观；神血湛湛，殆欲分液（孟）郊（李）贺。"

秋　宵

老秋似为坚诗骨，却遣宵风澹澹吹。
月黑天横支独坐，漏干人定入相思。
寻花梦里无生气，对酒灯前剩冻厄。
徒有回肠撑苦语，槎枒霜意到须眉。

苦　雨

却自无聊坐雨中，到家十日九濛濛。
一庭凉意初啼蜇，半壁狂喧又劫风。
深仁闲情寄天末，苦携羁眼与秋空。
有时云破星三两，乍见摇摇出屋东。

又　赋

刀兵水火年年是，死亦多门我尚生。
早灭定知天有幸，老穷愈觉世为轻。
谁非白骨何须肉，已属残魂那可知。
料理诗肠饱鸢啄，遥天坐看鬼车横。

过大宝山朱公祠①

是何感慨悲凉地，六十年前问劫灰。
行路至今有馀痛，谈兵从古失奇才。
荒荒岁月天俱老，历历山川我独来。
一角丛祠遗恨在，夕阳无语下蒿莱。

自注：①悼抗英死难之朱贵将军。

独夜忆内

孤灯夜静钟声出，的历愁怀向壁鸣。
酽酒可能消永漏，高歌犹复劝长庚。
压檐落落星方晓，支鬓疏疏梦未成。
独抱牛衣温不得，凄凉却忆故人情。

江 上

江上旌旗大月寒，雄师乍报罢长安。
出关壮士终军少，蹈海高风鲁仲难。
望气已无云似盖，扪心岂复井生澜。
长庚太白横何地，独倚楼头摘帽看。

嘲陶潜

平生颇笑陶元亮，有此田园不得归。
谋醉未能还止酒，遣愁无术始驱饥。
门前柳弱腰常折，篱下花黄色亦微。
至竟桃源何处是？《山经》读罢一嘘唏。

张　澜

　　张澜（1872—1955），字表方，四川南充人。民国初年加入进步党，1917年任四川省长。1925年任成都大学校长。在四川推广乡村建设运动。1936、1937年川北大旱，任川北赈济委员长。1942年组织民主同盟并任主席。有《张澜诗选》，诗风醇厚质朴。

居乡杂感二十首 选二

（一）

家物惟存老瓦盆，从今何以养儿孙？
为愁冻馁难宵寐，又听催科晓到门。

（二）

莫道安贫不患贫，饥寒为盗事相因。
保安队过夸擒斩，又报前村匪劫人。

1936年

偕庞明钦先生登赛云台观雪长句

冲寒携手上崔嵬，大地漫漫亦快哉。

万户恍疑瑶岛住，连山似涌海涛来。

农家未作丰年喜，贫窟应增冻死哀。

闻说米盐新有禁，不甚收拾入诗材。

有　感

党权官化气飞扬，民怨何堪遍四方。

谁见轩乘能使鹤，不知牢补任亡羊。

连年血战驱饥卒，万里陆沉痛旧疆。

且慢四强夸胜利，国家前路尚茫茫。

1945年

吴 虞

　　吴虞（1872—1949），字又陵，四川新繁（今新都县）人，出生于成都。曾师事王闿运、廖平。1906年留学日本习法律。归国后主编《蜀报》《醒群报》，提倡新学。1917年在《新青年》发表《家族制度为专制制度之根据论》等文章，一时以反孔非孝而闻名。北京大学聘为教授，后解聘，思想上日渐消沉。1925年回四川，先后在成都公学、成都大学、四川大学教书。1933年解聘后过着隐居生活。著有《秋水诗集》。

亡妻香祖组诗二十首 选一

送君返故乡，乃在旧林隈。
素车行旷野，悲风起黄埃。
昔与君同居，今兹予独来。
含凄寻履迹，一一生莓苔。
柴门结网丝，坏窗无复开。
乔木郁苍苍，啼鸟哜余哀。
魂兮其有灵，行当共予回。
坟前抚稚女，此恨不可裁。

寄陈独秀狱中

早年谈《易》记儒生，意气翻惊四海横。

党锢固应关国计，罪言犹足见神明。

尽知大胆如王雅，何必高文似马卿。

万古江河真不废，新书还望狱中成。

1932年10月

高步瀛

高步瀛（1872—1940），字阆仙，河北霸县人。多年任北京师范大学教授，著有《唐宋诗举要》。诗不多作，但渊厚沉博中不乏灵气。

丁丑杂诗

断无消息问飞鸿，打潮来去负鸳盟。
泪尽桃花春去也，看他杏子嫁东风。

1937年

华君钟彦偕曾浩然先生过访

昔年伧佣滞京华，今见椒盐十颂花。
雪霁野塘鸿有迹，春归故垒燕无家。
渐看斗柄天心转，莫嗟渊隔暮景斜。
更喜南丰耆硕在，相偕蓬户一停车。

1938年2月

建为馈橘一笼赋诗以谢

香橘经冬色渐红，故人持赠满筠笼。

枯棋不减商山兴，嘉树犹思楚客风。

差幸剥馀存硕果，肯教霜后委秋蓬。

黄柑堪慑金源乞，每食无忘上将功。

1938年2月

张瑞玑

张瑞玑（1872—1928），字衡玉，山西赵城（今属洪洞县）人。清光绪二十九年（1903）进士,任陕西韩城、兴平、临潼、长安等县知县，多惠政。参加辛亥革命，先后任陕西光复军顾问院院长、山西财政司司长,国会成立被选为参议员。诗文精湛，著有《张瑞玑诗文集》存世。

广州杂咏十八首 选二

（一）

严霜不到五羊城，夏菜秋花随意生。
青豆鲈鱼齐上市，新年好食菊花羹。

（二）

寒天爽气似新秋，弱柳低摇水满沟。
万古无人识冰雪，客囊闲煞敝貂裘。

1913年

赠于右任

春明握手各伤神，酒肆歌楼劫后春。
乱世文章馀血泪，故人肝胆半风尘。
范滂揽辔空三叹，张俭投门剩一身。
差喜黄金随手尽，赢人两字是清贫。

1914年

宣化府

长城如带拱幽州，开府当年据上游。
危岭千层障朔漠，飞沙百尺拥城楼。
云连古戍三关险，风咽悲笳六月秋。
此地由来多战骨，天阴日黑鬼啾啾。

1923年

由霍泉上山

信步寻樵径，疏林挂落晖。

钟声千壑定，塔影一僧归。

怪石拦人立，狞云挟雨飞。

山亭暮烟散，万树护禅扉。

1922年

题吴山民《江南归棹图》

渔庄落日柳毵毵，水影天光漾蔚蓝。

一片布帆双桨雨，稳摇诗梦到江南。

1923年

曾吉芝

曾吉芝（1872—1942），名纪瑞，重庆人，教育家。光绪三十年（1904）赴日本东京弘文书院读书。归国后创办巴县中学堂和昭武小学。蜀军政府成立后，任秘书院编制局局长。1927年，创办巴县女子中学并任校长。1933年兼任四川省立第二女子师范学校校长。著有《瑞霭庐诗集》。

民国十四年川黔军驻渝相持戒严六首 选二

（一）

戈称蜀道止何年，战史编成更续编。
浩劫饱经犹我在，残生虚剩不神全。
华阳马老归山晚，池里鱼焚到郭边。
如许难关多岁暮，债台高筑炮台坚。

（二）

战鼓声兼腊鼓挝，繁华市散万人家。
隔檐铎响惊风鹤，流弹魂飞坠雪花。
阛阓萧条生意尽，食粮阻绝运途赊。
漫欺民小莫予毒，暑雨祁寒亦怨嗟。

赵式铭

赵式铭（1872—1942），字星海，号韬甫，云南剑川人，白族。历任云南军都督府秘书、习峨知事，后到广州任护国军政府交通部司长。返故里，任云南通志馆副馆长。其诗步踪杜甫、韩愈，由唐韵渐入宋调。作诗初喜雄鸷，继喜神韵，继又喜淡穆，最后则酷喜理致。周钟岳在《希夷微室诗钞序》中云："涵演宏肆，朴属深微，奄有众长，不囿一体，而其神理气格，与杜韩为近。"

屏山翁见示西华洞歌走笔和之

炎官一炬昆岗俣，精液融解岩缝骅。
天风柔荡雨洗炼，化为五色莲花朵。
屏山老去犹好奇，手扶灵关开秘锁。
摩天巨刃割云华，载宝而还过诧我。
忽如闯入雷电室，飚轮赤驭磨生火。
又如夜款神官府，杖撞玉版珠尘坠。
明珰翠羽烂不收，谁煎凤嘴粘磊砢。
人间乃有如此奇，不见君诗几相左。
径须赤足踏崖石，敲断紫芝充腹果。
朝来揽镜自惊呼，头上青丝不容裹。

1935年

长至日得小泉渝州书奉答

老将皮骨蛰空山，身落貙猱不自还。

烽火三冬缠地轴，雪风一夜裂天关。

时危友信增衰涕，岁恶乡书蹙病颜①。

强索梅花同一笑，剩留此物未吾悭。

自注：①得家书，吾邑大饥，升米至币三元。

1940年

连日日机空袭，城民出走郊外

虚名中人如中风，狂走万里今途穷。

毒火弥天卑鸟道，灾黎避地傍牛宫。

茸茸寒蝶可怜碧，灼灼野花无限红。

物色不知忧国意，故将情态恼衰翁。

祠门夕望

身在昆明尽处村，山顽石很易黄昏。

趁墟人散盐包叶，卖药僧归菜带根。

笔到无心惟秉直，弹来有眼莫惊魂。

衰年不敢伤沦落，极目乾坤半泪痕。

警报中勉赴农村李沛泉世兄之约,道中书所见

车声沸天天为昏，倾城避难争一门。

东皋豆苗黯无色，西峤风烟空断魂。

领垂素发自行止，气与黄尘相吐吞。

眼见乱离惨如此，何心更宴桃李园。

1940年

程学恂

　　程学恂（1872—1951），字窳堪，号伯臧，江西新建人。清光绪间举人，以荫袭先后为奉天、湖北知府，长江牙厘局长。辛亥后赋闲居金陵，以诗书画自娱，时人以为三绝。日寇侵赣，辗转吉安、乐安、泰和等县，尝为江西通志馆协纂。战后在南昌结诗社名"宛社"，公推为社长。著有《影史楼诗存》。其诗出入杜韩黄，步踪散原，莽苍诡博，沉郁坚苍。高巨瑗（高心夔之侄）以为："吾乡先哲近百年来，丰才啬遇，而独以诗显者，先世父陶堂公后，允推散原、窳堪。窳堪之诗，曩固散原之所重也。"

过大雷浮江东下舟中晚坐

鸣榔击汰欲何之，向晚颓阳背我驰。
烟曳暝痕山一发，江浮天影月双眉。
似闻疮雁呼群急，只觉沙鸥作伴宜。
今岁扁舟来去数，苍波剩写鬓丝丝。

登快阁

涪皤政暇游观地，杰阁峥嵘夕照殷。
我企胜流通癙寐，独携清泪一追攀。
遗台老树荒如许，白日苍波去不还。
满眼兵尘休北望，万鸦归处是家山。

1938年

风雨次和艾畦

玄甲顽云黯不收，春容倏作可怜秋。
厌闻铃语长悬塔，坐想花飞似坠楼。
驰突天围千铁骑，飘摇人寄一虚舟。
只期九县安耕稼，破我茅龙莫漫愁。

咏　雪

剪裁玉屑费新功，坐我琉璃半亩宫。
战罢龙鳞飘细碎，舞馀鹤毳散朦胧。
平铺大地腥膻尽，开豁诸天色相空。
稍缓春回冰泮后，魂随沧海水流东。

赣县城楼登眺

振袂高陴上，遐心不可名。
遮眸云树晚，翻影鸟乌晴。
万态移群堑，双流束一城。
南州尚烽燧，勋略想文成。

谌福谦

谌福谦（1872—1940），字揖山，江西南昌人。清光绪二十九年（1903）举人，无意功名。入民国，先后任教于江西法专、工专、南昌二中,抗战时殁于泰和。治学严谨,讷于言语, 惟好吟成癖, 时有佳篇可采。著《蟋蛄吟》。

癸酉季春伤中日战也

孤城落照血光低，弩马悲鸣振鼓鼙。
纵奋鲁戈长逐日，谁羞越甲早侵齐。
燕忘覆幕倾巢卵，螳困当车踏铁蹄。
南北一家梁筑室，飘摇怎得共提携。

1933年

钓 鳌

深入鄱湖达岳阳，海鳌贪饵用长江。
馅钩已失吞舟力，一网枯鱼且割肠。

马天翮

马天翮（1873—1949），字子裕，又字搏宇，晚号双陶老人。原籍绍兴，寓居福州。光绪二十九年（1903）进士，署南丰知县，辛亥革命后知晋江县事，后在福州设帐授徒不复出。

冷 粥

荒山拾叶送残年，冷粥充饥不举烟。
儿女笑言诗有料，这回寒食在春先。

题山水画，中杂虎狼龟蛇犬兔之属

一片好山河，其如此辈何。
要知天地变，人少畜偏多！

林思进

　　林思进（1873—1953），字山腴，别署清寂翁，四川华阳人。光绪间举人，内阁中书。民国初年任四川省图书馆馆长，后历任华阳中学校长，成都大学、四川大学教授。论诗服膺王湘绮，主张取径于八代三唐，从中唐入手，上溯盛唐。力求以清新空灵拯典实滞重之失。其诗高华朗赡，具"渊放之旨，要眇之情"（庞石帚语）。有《清寂堂集》。

杂诗十五首 选一

我行望四郊，败垒密如星。
云是新战后，麦陇馀青青。
鸡犬掠无遗，居人谁得宁？
勤此一岁力，不满罍与瓶。
日刮龟背毛，填汝巨壑腥。

感 事

果然阔剑合长枪，管得书生便太平①。
漫付迂儒谈节概，从来游士爱功名。
几回谢述期人退，一懒嵇康与性成。
老去只贪清静睡，那堪聒耳尽鸮声。

　　原注①："元遗山云：'六经管得书生下，阔剑长松不信渠。'今则信矣。"

晓寒独坐

昨夜寒霜瓦有棱，儿童欢笑水成冰。

烧残湿苇如熏鼠，痴坐当窗学冻蝇。

饯腊每孤城里约，送梅恰值水西僧。

老来光景奔轮疾，寻乐忘归两示能。

梁启超

梁启超（1873—1929），字卓如，号任公，广东新会人。早年师从康有为，鼓吹维新变法。民国初年曾组织进步党，1913年任司法总长。袁世凯称帝，他坚决反对，策划护法运动。晚年为清华研究院四大导师之一。著有《饮冰室集》等。才气横厉，疏朗畅达，流利豪爽。曾拜赵熙为师，向陈衍问诗法。窥唐宋门径，宗法杜、韩，将恣肆纵横收敛于矩范，具矫俊不屈之姿、悲郁苍凉之情调。

感秋杂诗

园中万树叶，叶叶作窍号。

辞柯碎琅玕，走瓦腾波涛。

终已乏根蒂，所历常苦高。

川原块无垠，大江横滔滔。

飘飘岂终极，摧堕委所遭。

萌春实非易，殒秋毋乃劳。

感此抚长条，旦昏增怛忉。

罗骏声

罗骏声（1873—1950），字德舆，号伯济，四川灌县（今都江堰市）人。光绪间举人，历任成都府中学堂、四川女子实业高中教员，四川大学文学院教授，四川省通志局纂修。馀事为诗，华实并茂，高古奇健，颇近老杜。著有《静远斋诗文集》。1936年陈石遗、金松岑入川，见其诗而极为称赏。

重游青城十首 选一

逶迤不断众山青，突兀神霄入杳冥。
建福发祥云外观，悬空飞沫水心亭。
崖泉有韵锵环佩，林岫无端列画屏。
石笋披张龙蹻远，丈人风度萧泠泠。

1926年

三　峡

江促疑无路，山开忽引船。
涛奔崖穴响，岭断峡云连。
渥赭孤峰石，微蓝一线天。
崭然分楚蜀，不假巨灵镌。

冒广生

冒广生（1873—1959），字鹤亭，号疚斋，江苏如皋人。清末官农工商部郎中，民国初年任财政部顾问，后任教中山大学，兼广东通志馆馆长。抗战期间隐居上海从事著述。有《小三吾亭诗》。诗风俊爽。不为拗曲峭硬，远绍苏轼、陆游，近则追踪吴伟业、朱彝尊、王士禛。追求"清""活"，主张熟典生用，深思浅出。袁祖光以为其诗"豪爽英迈，有御虚直行、驱风拿云气概"（《绿天香簃诗话》）。沈瘦东评其诗"如古玉含温，孤月流媚"（《瓶粟斋诗话》）。

过水绘园

寱寐江湖得暂归，攀条凄绝柳成围。
纵然五亩保安石，已似千年悲令威。
忧患叠乘家半毁，风骚重主意多违。
此身若有承平日，犹愿烟蓑守钓矶。

读杨诚斋集

话是心头景眼前，被他随意入诗篇。
廿年不读诚斋集，读到佳时每莞然。

人言浅熟白香山，诗到诚斋莫浪漫。
知否浅从深处过，看来俗比雅犹难。

青溪社集分赋秦淮怀古诗拈得葛嫩

撩得人间葛一条，孙三今日诧天骄。

然脂集里名难灭，凝碧池头血未消。

尚想黄中知病久，乍攘皓腕见春娇。

纷纷沙嫩休轻拟，只解当筵奏洞箫。

钟朝煦

钟朝煦（1873—1947），字致和，四川南溪人。光绪间举人，曾任云南盐道署总文督，回乡后，创办南溪文学馆。入民国，在宜宾联中任教，主修《南溪县志》。有《亚庐斋诗钞》。诗风深婉俊洁，世鲜有知者。

我 从

我从壁上观私斗，但觉匆匆上下场。
傀儡偶然施粉墨，侏儒何必不玄黄。
自埋自掘狐鸣技，谁是谁非鼠跳梁。
可惜个中人未觉，无端悲喜日仓皇。

1919年

杂 感

将军坐大镇江东，泽涸原荒山也童。
到处酸辛羹炙苦，无端鸣吠犬鸡凶。
劳歌劳哭蚊虻哄，逢炎逢汤蝼蚁穷。
昏焰摇风蛾百赴，眼中多少可怜虫。

1930年

珠江消夏曲

石根云碧涨秋湾，璧月团团白玉环。

篷背清霜篷底雪，夜深凉梦过西山。

徐自华

徐自华（1873—1935），号忏慧，女，浙江石门人。秋瑾好友，秋瑾就义后，为之葬骨于西湖。有《听竹楼诗钞》，诗风婉丽。

秋心楼晚眺姚江口

秋心楼上晚风凉，万柄芙蓉雨后香。
隐隐渔灯藏岸曲，飞飞萤火乱星光。
云罗卷碧千峰秀，湖影涵青一水长。
同倚阑干谈往事，十年尘梦耐思量。

题潘兰史《江湖载酒图》

襟上杭州旧染痕，江南黄叶半成村。
扁舟载得先生去，河朔谁知有罪言。

冯 开

冯开（1873—1931），字君木，浙江慈溪人。民国初年任宁波等地中学教师，晚年任上海修能学社社长。著有《回风堂集》。

馀 姚

湛湛江水清不埃，令人却忆黄南雷。
大贤此地所生长，昔岁今朝曾到来。
载酒风尘仍故我，感时怀抱向谁开？
推篷一读《明夷录》，回首人间亦可哀。

为徐郎西题《寒鸦荒冢图》

婵娟三尺桃鬟红，娇莺稚燕声在空。
美人合睇花玲珑，粘天贴地皆春风。
桃花一夕变枯树，下有深深埋玉处。
莺耶燕耶渺何许？但听老鸦作鬼语。

朱　鹏

　　朱鹏（1873—1933），字复戡，浙江乐清人。曾任温州、处州中学教师，主讲乐清师范传习所，晚年任记室参军。有《复翁诗集》，兼取唐宋之长。多咏古之作。

夜渡虹桥

不辞前路去迢迢，为访名山胆气骄。
灯火出林三两点，夜深踏月过虹桥。

题宋遗民林霁山诗集

临安鼓死气无灵，白雁一声天地腥。
结客肝肠哀山鬼，拜鹃心事泣冬青。
玉鱼荆棘馀哀在，石匣秋风老泪零。
我仰高名乡先哲，遗篇读罢酒初醒。

舟中望月

曾傍清溪宿，船头坐一看。
星孤同客寂，露冷觉衣单。
秋气涵空影，蟾光漾急湍。
故乡今夜月，可似此间寒？

自桐江赴睦州舟中感怀兼呈胥庵

登舟迤逦别桐庐，叠嶂层峦画不如。
木落天空山有骨，潭深镜净水无鱼。
自怜老废甘牛后，敢说功名属狗屠。
只恐前溪危石乱，同舟邪许上滩初。

邱炜谖

邱炜谖（1873—1941），号菽园，以号名行，后又号星洲寓公，福建海澄人。光绪间举人，因承接其父资产而来新加坡，富甲一方，后破产。曾创办丽泽诗社，办《天南新报》，在新加坡河畔筑客云庐，接待过往诗人，创办檀社。与康有为关系密切，后来加入国民党。其诗远溯唐诗，近则仿效广东清初陈恭尹、屈大均、梁佩兰三大家，风格苍秀。

星洲竹枝词 选二

（一）

失教儿童满路隅，提筐逐队没阶趋。
朝来聒耳如鸦鹊，叫卖油条声语粗。

（二）

橡胶惨跌荡寒潮，汇水翻宜国货招。
为问故乡输出品，南邦何物配倾销。

1933年

金松岑

金松岑（1873—1947），字天翮，改字天羽，号鹤望，又署名麒麟、爱自由者，江苏吴江人。1927年南京政府任为江南水利局长，后任光华大学教授。于唐诗学高、岑、王、孟，得韩昌黎之雄骜，兼张籍之隽爽，于宋诗学苏黄欧王四家。偏重浑雄豪宕一路，不求拗峭生涩。往往以长篇巨制写大题材、新内容。著有《天放楼诗集》，诸祖耿序云："松岑气性高而才力厚，作诗能取汉魏六朝唐宋诸人之精者而融会以成一家，寓悲壮博辨于沉深丽密之中。盖民国创造之初，先生实为革新之一人。"

武胜关

横云楚塞郁嵯峨，窄径修蛇穴岭过。
怪道中原莽戈甲，乱山无主夕阳多。

李协和都督烈钧自洛访冯焕章司令玉祥于泰山普照寺，游赏兼旬，将归庐山，道出苏垣，以新作见示属和，因送之九江

维岱基构崇，风云千里来。

蔚宜熊豹姿，雾隐苍岩隈。

普照我曾游，涧谷迂且回。

开轩面长松，鳞鬣缠古苔。

起登云步桥，当案见祖徕。

八表久同昏，壮士颜低摧。

急走卧云壑，心力弛钳锤。

篝灯展阴符，无乃伤雄才。

李侯夙好诗，句格凌崔嵬。

太傅一微吟，响转空山雷。

轻赍昨过江，落日玄云颓。

逝将返匡庐，筑室安尊罍。

开箧出新诗，诗心弥九垓。

君登五老峰，为我稍徘徊。

赠诗中清角，庶答松吹哀。

罗星洲为吾乡胜景长夏苦热念之成咏

柳秃花欹岛一螺，鸥驯鹭熟喜相过。

钟鱼响处湖云静，楼阁明时浦霭拖。

碧涨水高行酒舫，红晞日出晒鱼蓑。

违离江国思消夏，支枕风湍对芰荷。

玉泉院希夷卧像

视听希夷贵灭踪，扶头高枕岳连峰。
而今转向崖根睡，何日中原起卧龙？

前七夕

夏正五月二十九日，当公历七月七日，敌军卢沟桥始发难。

天上别多欢会少，牛女相逢苦不早。
南风急转波粼粼，浮槎误着桑乾津。
桑乾河上月色苦，宛平城头夜打鼓。
牛郎改行师战神，当暑横布火牛军。
将军惯看仇人面，猛士如云骄不战。
轻车一夕渡芦桥，始信银河水清浅。
河流激箭会有时，灵槎系折扶桑枝。

后七夕

八一二之明日，上海以虹桥事件开战

金风吹空露华湿，鸩鹊学习鹰隼击。
双星待渡河无梁，借得长虹跨空直。
虹桥知有卑飞翼，栏楯遮防拒弹射。
惊心一弹起风波，顽仙化作波旬魔。
穿针楼头恶梦起，悲风猎猎驱駕鹅。
浦潮鼓角声砰磕，江海襟喉此交会。
冲虚便近斗牛宫，长剑使尔双翮铩。
银浦流云学水声，几时为我洗甲兵。

杨巨川

杨巨川（1873—1954），字楫舟，甘肃榆中人。光绪末年任刑部主事，1913年任甘肃省财政司科长，1922年任省议会议员，1923年任敦煌县长，次年任固原县县长，晚年主管兰州五泉图书馆兼甘肃学院教席。有《梦游吟草》。

己巳三月，同外孙毓麟游五泉山

暮春时节试春衫，消遣闲情到五泉。
莫怪东风乱嘘拂，杨花有意欲漫天。

春光不与四时同，山涧纷罗碧间红。
可惜梨花瘦尽了，凭栏何意怨东风。

1929年

将赴日调查法政，由天津附轮南下，舟中遣兴

学战环球烈，潮流射远东。
三年濡化雨，万里乘长风。
威海波翻绿，扶桑日漾红。
中原方多事，投笔愿从戎。

参加老人抗战团赋此

周人用老竟亡殷，鹤发鸡皮气薄云。
大炮飞机都不怕，笔尖能横扫千军。

宿瓜洲口

青剑匆匆出塞游，逢墙题字写离愁。
风尘颎洞珠淆目，瀚海苍茫车作舟。
大漠盘雕开倦眼，天山立马望齐州。
执鞭何事羞牛后，问道人言富可求。

负剑长歌作壮游，邮亭无柳绾人愁。
沙堆雁碛平如砥，土叠蜗庐小似舟。
满目荒凉称玉塞，四时烟雨忆兰州。
一官却笑芝麻大，也比封侯万里求。

无　题

祸乱相寻说鼎新，盈虚消长溯前因。
横秦从掉范雎舌，依晋终亡虞国唇。
白骨如山兵死鬼，红妆似水旅从人。
饱鹰不恋东郊兔，万里燕台梦里身。

李克明

李克明（1873—1953），字浚源，甘肃武山人。光绪间举人。民国初年为众议员，南下广州，任大元帅府参议。后任甘肃教育厅长。

三月二十九日公祭黄花冈烈士

白虹一夜起佗城，风鹤声声草木惊。
民气欲苏胡运死，国魂常在大星明。
黄花不朽因三月，碧血长埋化五兵。
遍地芳香璀灿冢，珠江流照岭云平。

1919年

二年政变南走

北风飒飒走狐乌，吹落天星瘴海隅。
杜曲几闻耆旧换，抑诗应叹老成无。
月寒云断房公垅，路阻天南稚子刍。
他日归来乡党敬，白杨树树泪模糊。

中秋冠粤楼感怀

危楼高唱暮烟横，粤秀苍苍倚槛平。

万景忽清江月上，大风欲起海云生。

文伦地尽收残局，河汉星稀近古城。

惆怅前朝谈稗史，几番五岭下胡兵。

1919年

二月赴钟楼湾

寨窣盘沙谷径歧，灵岩剥削石危欹。

溪风樵冻雀犹冷，野烧山寒羊尚羸。

人负夕阳登碧巘，马嘘春雪饮明漪。

炊烟淡合山村晚，啾啾疏林月上时。

1927年

纪　旱

魃格舳舩吃龙子，风伯雨师纷纷避。
井智泽涸河流竭，海王谷神齐渴死。
汉家厄会数年年，龙蛇之年火尤煎。
百谷枯萎草黄落，斗粟二三十万钱。
人声哑哑鸦声并，十扣柴扉九不应。
儳然颇颔街市填，造物不仁斫人性。
父攫儿食儿攫父，母为存儿扼杀子。
饿鸦不归巢儿落，老猫饥颠儿当鼠。
前蹶后至争割肉，妇抱孩尸冒黔粥。
活人尸气鼻观扑，蝇来生喋蛆出目。
海洋沟壑无壮老，狼狗睛红乌鸢饱。
死鸟可食鸽东飞，肉食究比粟食好。
年来敲扑诛求忙，剜肉补疮无盖藏。
去年益烈秦皇赭，川空山焦无粒颗。
无三年蓄国不国，一年且无哪免得。
怜不忍死尝新麦，鹿猪食田鸟入宅。
空门绝户千万家，孤日晖晖天无色。
人生实难感嘘唏，灾害如何斯并至。
问天不语奏绿章，家家户户夜焚香。

1928年

黄　节

　　黄节（1873—1935），字晦闻，广东顺德人。少年师事名儒简朝亮，后在上海与邓秋枚、诸宗元等成立国学保存会。1917年被聘为北京大学教授，兼北师大教授与清华研究院导师。其诗学陈后山，幽折生辣。著有《蒹葭楼诗》两卷，陈三立题辞云："格澹而奇，趣新而妙。造意铸语，冥辟群界，自成孤诣。"

五月二日雨中感怀

不持国纪日相残，坐视民饥自爱官。
一月旱云三夜雨，等闲摧尽数花兰。

侏儒不饱朔仍饥，杀夺当前正此时。
庭树野鸦驱宿鸟，几何同不作流离。

1926年

二月十四日东山寓楼

坐觉春阴转北风，换晴将雨去何从？
栖迟一阁山相对，眇渺两沙江更空。
原野泽微才点绿，岭云朝霁不成虹。
桔槔许有回天力，百亩荒畦在屋东！

1929年于广州

十五夜无月

夜夜重阴世莫窥，今宵无月始惊奇。
浮云落与人争渡，渔火明如海有涯。
万象至今仍仿佛，众山巉隐复参差。
高楼不待张灯坐，天末波光白上眉。

1929年居澳门

大雨登楼作

沧海无端飞上天，水沉山欲起中悬。
大鱼出树时高下，渴马收江直万千。
湿翼葱鹜穷鳝所，涉波骇冢在人前。
雷风不碍登高目，只有滔滔是逝川。

1929年

残　月

残月窥窗独起望，近山楼火淡无光。
欲留睡眼看朝日，却怪晨鸡上女桑。
天际鸟巢先地白，海边鱼薄有星黄。
人生最为初阳乐，不解诗人兀更伤。

1929年

许承尧

许承尧（1874—1964），字际唐，号疑庵，安徽歙县人。清末官翰林院编修。民国初年历任省铁路督办、甘肃省府秘书长。后归故里，整理地方文献，或行吟于山水之间。抗战事起，主张推行均田政策，以拯救中国危亡国势。著有《疑庵诗》，其诗风骨峻秀，意境高澹。早年受龚自珍、黄遵宪的影响，走革新之路，后又受陈三立影响，力求崛健。能辟新意境，寓新哲理，合韩昌黎、李昌谷为一手。

行　野

恒卫周天亿万星，是何世界绝冥冥。
梦中一夕曾游遍，宝树琪花总有情。

万绪千丝歧复歧，浇愁种泪渐成薆。
梦中亦自悬孤照，芰尽爱花横出枝。

宁　夏

平畴三十里，斜日古银川。
坏堞缘山远，长河抱地圆。
风沙抟霸气，楼橹壮雄边。
付与今都护，铭功策砚田。

1920年

冬 山

冬山自抱冬云睡，野田忽造霜天地。
老鸦弄影黑团团，独屋钟声赴寒气。
篱外横斜拒霜死，昨日秋魂呼不起。
照眼无端见铁枝，喜汝先春孕妍理。

游灵金山道中作

林隙漏天光，筛金碎夕阳。
人依苔缝古，衣惹箬云香。

由杭归歙途中

水气涵山山影横，市楼人语入江声。
夜中缺月窥云出，荡漾灯光几点青。

行行西上入桐江，江畔参差舣钓艭。
一角斜阳万堆碧，乱云拖雨过篷窗。

水餐山色蕴深蓝，山饮沦漪意亦酣。
一幅妍曦半篙雨，宵来酿出几重岚。

远山黯黑近山明，最远峰尖色愈清。
为有晴云如擘絮，恍然舟在镜中行。

1927年

黄山杂诗

由狮林精舍登清凉台

振衣清凉台，百怪始入目。
峭壁耸孤悬，俯见万峰伏。
一松依一石，棱棱若雕琢。
松乃肖石形，石亦松之族。
支离不可名，鲜秀出新沐。
随肩互参差，摩顶各庄肃。
如聚万蛟螭，幽之于一谷。
吾今抚育之，戏以儿孙畜。
一笑谢黄山，石负茧吾足。

天　海

荡荡平天矼，汹汹波涛生。
绕足迭起伏，赫濯张旗旌。
宾从暨仆妾，联袂朝光明。
天都与并尊，秦赵分纵横。
潜兵万壑底，甲马仍峥嵘。
此诡轶五岳，殊胜谁敢争。
一粟天海庵，何时得重营？
于兹出奇计，凿险开西陉。
必将应创获，勇破荒石扃。

陈去病

陈去病（1874—1933），字佩忍，号巢南，江苏吴江人。南社创始人之一。1916年任参议院秘书长，参与孙中山护法运动。失败后，执教南京东南大学。晚年任江苏革命博物馆馆长。有《浩歌堂诗钞》。柳亚子序云："去华反朴，屏绝雕镌，且其奋斗之精神、恢弘之器宇，皆有不可磨灭者。"

重上京华示诸同志

香南雪北又重来，感逝怀人亦可哀。
事有从违须佩决，胸多块垒且衔杯。
登高合赋哀时命，济世谁为大雅才？
惆怅西山晴雪满，莫嫌双鬓已皑皑。

江行杂诗

鱼龙呼啸水奔撞，百万蛟鼍恐未降。
独有东吴陈季子，烈风雷雨过长江。

十月二十七日自潮海赴香港，中夜望海有作

落日崦嵫里，图南气未降。

孤身别潮海，飞梦到珠江。

星斗芒如扫，风涛怒拍艭。

遥知朔方事，此夕正纷庞。

周行原

周行原（1874—1939），字颂朊，号厂泉，安徽合肥人。清末官度支部郎中，民国后家居侍亲，研讨旧学，不求闻达。著有《厂泉诗存》。

壬申春瞻明归自上海过访山居，以诗见赠次韵答之

蛰居养拙世应忘，为子输周别后肠。
蓦有长鲸拂瀛海，翩然一鹤过肥乡。
落花亦似人罹劫，吟草犹能夜吐光。
对榻琚谈总禅味，春残风雨不凄凉。

1932年

夏日斋居漫兴

一棚撑万绿，池馆纳凉佳。
鱼影空离水，蝉声碎堕阶。
祛烦赓楚些，破寂纂齐谐。
箕踞吾忘我，衰年事事乖。

戊寅秋日山居即事

斯世非吾世，山中愧寄生。
马同衰病况，雁有乱离声。
村枣红垂绉，池莲粉坠轻。
寻幽强排遣，烟景写难成。

1938年

杨 度

　　杨度（1874—1931），字晳子，别号虎头陀、虎禅师，湖南湘潭人。清末任学部副大臣。辛亥革命时南北议和，任参赞，随唐绍仪与民军议和于上海。后承袁世凯意，发起组织筹安会，为世人所诟。晚年在上海，与周恩来、夏衍等交往，参加共产党，加入左翼自由运动大同盟。有《杨度集》。汪辟疆说他"诗工亦深，惟气体稍嫌平滞"（《光宣诗坛点将录》）。

次韵奉和虔谷先生

茶铛药臼伴吟身，世事苍茫白发新。
市井有谁知国士，江湖容汝作诗人。
胸中兵甲连霄汉，眼底干戈接塞尘。
尚拟一麾筹建笔，书生襟抱本无垠。

1926年

高　超

　　高超（1874—1930），字荫甫，号宽庐，晚号印佛，欧阳笠侪之甥，江西彭泽人。清末加入同盟会。民国初年历任陆军部科长、税务专门学校总教习、农商部秘书、财政部盐务署编译。晚年避居杭州西湖。著有《弹指集》《弹铗集》《天风浩浩集》，其子高元韵编为《宽庐遗集》，并跋云："少年怀奇负气，锐志功名。流以馀绪，发诸篇章，大都骏快雄赡之作。中年以后，又擅清丽绵远之胜，一篇脱手，万众争传。"

西湖杂诗

钱塘江

屈折钱塘势壮哉，当年此处射潮回。
地饶斥卤资豪富，天拓湖山位霸才。
铁马烟消和甲洗，金牛运转待丁开。
君看胜会风云凑，定有珠光照乘来。

烟霞洞

云当重扉月当环，客来仙镜便开颜。
一溪流水碧于玉，满树夕阳红在山。

顾影我同汀鹤瘦，忘机僧比海鸥开。
香温磬响蒲团静，愿著伽黎老此间。

灵隐寺

划破鸿蒙不见痕，却来天半劚云根。
岩前世界三千大，堂下阿罗五百尊。
几树菩提争结子，万竿修竹尽生孙。
静中妙理浑无际，愿与商人对榻论。

韬光寺

石磴临空势绝踪，半龛山顶白云封。
较量凡境高千尺，为问禅关透几重？
江海滔滔俱在目，星辰耿耿故罗胸。
山僧指点来时路，一抹斜田数杵钟。

重九登高，杨咽冰先生口占四律见赠赋此奉答

上马杀贼下马草露布，霸才驰骋风霆怒。

左手持螯右手持杯酒，豪情郁勃蛟螭走。

人生不过百重九，富贵浮云幻苍狗。

何如及时行乐举一觞，黄菊满头诗在手。

我不知桓征西、孟参军，此等豪杰有几人？

但觉眼中吾子交最真，亦不问戏马台、凉飙馆。

此种名胜有几许？但爱飞云绕南浦。

登高四顾天苍苍，俯视城中二十万户如蜂房。

使君抚膺独叹息，谓我触目皆痍伤。

何日治术臻上理，俾世一睹斯民康。

我闻此语舞且蹈，史称革命暴易暴。

安得世间民牧尽如公，庶共春台登皓皓。

公将六十犹玄鬓，我愧霜华对明镜。

白发尊前感慨多，先忧后乐两如何？

相逢莫问龙山帽，且听民间五袴歌。

黄式苏

黄式苏（1874—1947），字仲荃，号胥庵，晚年改名迁，改号迁叟，浙江乐清人。光绪间举人，任温州师范学堂监督。民国以后历任遂安知事、福建泰宁知事。有《慎江草堂诗钞》。

夜泊十八里滩有怀故里

剑浦不可到，孤舟夜暂停。
山城依远濑，野火乱疏星。
道路愁多梗，干戈苦未宁。
胡为犹远役，惭愧草堂灵。

1920年

大观亭望海

华盖山头碧合围，一亭更上俯崔巍。
村烟拖树横平野，海色吞城压落晖。
孤屿中悬双塔立，大江东去乱帆飞。
风前忽动登临感，西北浮云举目非。

哀长沙

长沙一炬最堪哀，风鹤仓皇误寇来。
焦土忍教轻纵火，坚城痛绝陡成灰。
独留青史不磨玷，自是苍生无妄灾。
半壁河山犹一掷，纷纷食肉尽庸才。

1938年

哀日本

巧凭利器奏奇功，原子弹成神鬼恫。
穷岛何堪供一击，强邻况复起相攻。
飞扬明治维新后，断送昭和黩武中。
太息雄风竟安在，降幡远出海天东。

1945年

王云台

王云台（1875—1935），字伯轩，号策勋，又号诗痴，黑龙江德惠人。在天台私塾执教，有一代乡土诗人之称。著《雪泥鸿爪集》。

鸦　阵

盘旋如有势，历乱不成行。

张翼冲残霭，迎云闹夕阳。

沈钧儒

沈钧儒（1875—1963），字衡山，浙江嘉兴人。清光绪间进士。1926年任浙江省临时政府秘书长，1926年任上海法学院教务长。1933年参加中国民权保障同盟，与邹韬奋、李公朴等七人被捕入狱，史称七君子。1944年与黄炎培等创办《宪政旬刊》。次年代表民盟参加政协工作。著有诗集《寥寥集》。善推陈出新，采纳新词汇而熔于一炉。

嘉 兴

桐乡李子满篮兜①，王店荷花贴水浮。

行过双山一凝望，蒋侯第宅最宜秋②。

原注：①每过一站，乡人多以小篮盛桐乡李子至车旁叫卖。

沈叔羊注：②蒋侯，作者表兄。

1927年

从军乐

吾愿化身为子弹兮，与君朝夕以相从。

抱君之腰而与君共命兮，

经君之手而入于敌人之胸。

又愿化身为瓶中之水兮，

劳解君之渴，而倦润君之容。

终其化我身为军毯兮，

使君于朝营露宿之际，

得我之保卫而安眠兮，

益坚强其精力而无懈于冲锋。

1933年

影

君影我怀在，君身我影随。

重泉虽暂隔，片夕未相离。

俯仰同襟抱，形骸任弃遗。

百年真歌哭，只许两心知。

原注：一九三六年二月某日枕上，夫人既殓，我以影置其胸前，旋以遗影置我贴身衣袋中，睡则置枕上。

1936年

自　由

天地一桎梏，万物皆戈矛。

俯仰虽苟安，藐视非所求。

吾欲乘风驾螭踏九州，

吾欲披发请缨复大仇，

不饮黄龙誓不休！呜呼！

此境只向梦中求，只有梦魂能自由。

1936年

访桃花张家花园坡下小阜

寻花穿小径，拨草绕荒坟。

垒石斜堪渡，连畦莽不分。

丁东一溪水，缱绻四山云。

曳步成延伫，怀归已夕曛。

1940年

雨 后

雨后幽居景物妍，纵观胸次暂悠然。
翩跹几个黄蝴蝶，娟静一丛白杜鹃。
细浪层沙双水涨，空青缛绿四山鲜。
凭窗却忆宵来事，劈地雷声撼枕边。

1941年

挽某君殉难

为争人格竟为牺，如此成仁万古悲。
獬豸独邪身不顾，子规啼血恨无期。
十年说法伤心事，一例捐生抗战时。
愧杀伪京奴妾事，拖金委紫只行尸。

冯文洵

冯文洵（1875—1938），字问田，天津人。先后任黑龙江泰来县、海伦县知事、省政府秘书，后隐于天津。有《紫箫山馆诗存》。

海伦杂咏

漫说荒寒地，文明进化迟。
往来革蒙俗，言语杂俄词。
车快夸摩托，灯光让瓦斯。
利权嗟外溢，日货亦居奇。

刘 肃

刘肃（1875—1944），字严吾，号念庐，别号锄月散人，江西都昌人。光绪间生员。民国初年为南昌法院书记官，后教书为业。抗战时辗转泰和、赣县。著《念庐诗》四卷、《种梅草堂诗集》油印本九卷。其诗沉丽博雅，折衷唐韵宋调之间，风骨内含，精芒外隐。卢兆梅论其诗云："治诗三十年，求洗胸渣滓。宗派肯自苦，浮响窃深耻。片言契妙道，反复味斯旨。"深明其陶冶之功。

过峡江

两岸山环抱，间阎劫后存。
云开先见塔，树密半藏村。
酒市临江闭，渔舟下濑喧。
萑蒲何日靖，到处有惊魂。

晓 发

朝日上篷背，微风不动林。
波平牵缆直，沙聚受篙深。
新涨失孤屿，宿云归远岑。
寥天看雁去，嘹唳答遥吟。

晚泊新淦

渡口失残照，山城入望迷。

风高孤雁迴，烟暝乱鸦啼。

极浦兼葭老，长堤橘柚齐。

江天感摇落，何事独栖栖。

舟行即景 选二

（一）

江村疏柳接沙堤，三两渔舟傍碧溪。

斜日鸬鹚寒晒翅，小篿撑过橘林西。

（二）

横江怪石众星罗，波谲澜狂日荡磨。

笑我扁舟轻似叶，中流容与片帆过。

感 事

山海关开按辔回，专车一霎碎轰雷。
皇姑屯畔模糊血，衔勒无声万马哀。

叠韵和王静庵感怀十首 选一

古国扶余震海东，虬髯不见昔时翁。
奋飞莫展垂天翼，敌忾难张射日弓。
毒虺横嘘妖雾黑，化龙遥烛剑光红。
高谈同煮青梅酒，屈指谁为一代雄？

李燮羲

李燮羲（1875—1926），字开一，云南大理人。早年留学日本研治音乐，归国后任两级师范音乐教员。民国初年历任安宁、牟定知事、护国军咨议，曾随军入川。后任四川自流井盐总办，多所兴革。辞职后退隐苍山洱海之间，以诗酒自娱。有《剑虹诗稿》。

感　时

数十党魁操一舟，安危那与众人谋。
只今罪首成功首，此辈清流可浊流。
政客争权心不已，武人仗剑气横秋。
民权落到诸公手，亿兆生灵视赘疣。

辛酉即事

将军日日诩开边，高拱深居讵肯前。
兔窟早营交趾地，狼烟密布苴兰天。
广招亡命为心腹，久困孤军戍粤川。
扫境出师联帅稳，哪知不死又回滇。

1921年

诸宗元

诸宗元（1875—1932），字贞壮，一字真长，号大至居士，浙江绍兴人。清末曾任职湖广总督幕府。南社发起人之一。入民国，先后任浙江都督府秘书、教育部秘书。后寓居杭州，移居上海。有《大至阁诗集》。其诗才力横肆，骨力腾健，晚年臻于苍浑，近宋诗风味。汪辟疆论其诗云："不务劖刻，而自然意远，融情于景，寓奇于偶，使读者有惘惘不甘之情，则以才逸气迈，吐语自不凡也。"（《光宣诗坛点将录》）其造句峭健警炼。

丁卯元旦雨叠韵

元旦初除腊，高天忽吝晴。
积寒苏地力，奔瀑到檐声。
海近鱼龙眩，军过鹅鸭惊。
昨宵非守岁，百感梦难成。

1927年

简一浮叠韵

江近欲无岸，雾深终得晴。
兵尘今日语，炮石昨宵声。
鱼烂谁相恤，鸥闲了不惊。
黄巾倘知避，我独念康成。

1927年

杭居被焚归视感赋

宅已火中尽，吾疑乱后归。
花枯仍倚壁，书尽更无衣。
堕甄难回顾，焚巢可悟几。
重哀同厄者，邻巷过人稀。

举家争告语，惊窜得生全。
成毁非关我，艰危倍视前。
来看有焦土，自念已华颠。
历历垣墙在，曾居十二年。

雨中夜发上海晓晴达金陵，复渡江趋浦口舟中感纪

一夜奔车越六城，我行冲雨晓还晴。
乱流单舸浮江去，障日千峰出雾明。
春远初看榆柳大，民闲犹说鼓鼙惊。
东南物力将何策，悔不归营谷口耕。

杨圻

杨圻（1875—1941），字云史，江苏常熟人。清末官户部郎中，辛亥后归故里。吴佩孚为两湖巡阅使时，闻杨圻名，招邀入幕。吴军败，仍归乡里，后到湘西蓝田师范学院任教。著《江山万里楼诗词钞》。作诗不肯依附同光体，力振唐音，魄力沉雄。其七古用笔运思，有郁勃欲吐、畅不可遏之势，如风霆郁怒，奇响破空。长篇大作，追步吴梅村。

举 国

举国风尘暗，前军雨雪哀。
清明烟火冷，春色满丛台。
新鬼无家别，流民绕地来。
万方皆涕泪，九死见花开。

无 题

奔泉乱石近潺潺，远见沧洲飞白鹇。
一屋烟云关不住，雨中诗似米家山。

一夕空明见太清，众仙仿佛有吹笙。
彩云都向洞庭去，月小天高鹤数声。

泰山玉皇顶

鸡鸣日出接天关，绝顶疏钟云汉间。
气合大荒心似海，身临上界目无山。
九州寂寂孤僧睡，片石峨峨万古闲。
便欲抠衣通帝座，手扶碧落看人寰。

己卯寒食感春

岭表见花发，凄然思故乡。
流亡至今日，老病尚殊方。
仰视夕红湿，微闻新绿香。
可怜风物美，八极共春荒。

1939年

简岑山人伯渠荃湾山中

喜见方山子，妻孥意气闲。
闭门寒石里，岸帻古松间。
小筑岩边屋，躬耕海上山。
杳然喧静理，一涧自潺潺。

游沙田道风山

数里扪苍翠，登峰一荡胸。
春逢三月美，山到百蛮雄。
鸟静松暄外，人来雨气中。
元微无二致，众妙钥能通。

谢远涵

谢远涵（1875—1950），字敬虚，江西兴国人。光绪二十年（1894）进士，授翰林，再为监察御史。宣统年间出任江西省咨议局长，江西宣慰使。民国初，众议推举为省长，辞不能胜任。南京政府成立后，孙中山先生委任内务部次长、北京市政督办。1929年，任第十四集团军司令部秘书长。1932年任赣州行政公署行政长官，后闲居上海。日寇侵华，再隐居故里。其性淡泊恬静，能诗，工书法。

无　题

斗牛光暗不能神，烂漫人间别有春。
万丈红尘冠盖满，寥天闲著一诗人。

蜜　蜂

餐花嚼蕊真风雅，万户千门具巧思。
微物有灵通造化，见仁见智亦吾师。

网　蛛

漫空密网陷群飞，天道由来尽杀机。
欲拯众生离苦恼，须从人道究精微。

题友人诗稿

石破天惊硬语横，牢愁能吐亦人英。
劝君且尽杯中物，世道由来是不平。

商衍鎏

商衍鎏（1875—1963），字藻亭，号又章、冕臣，广东番禺人。清末最后一榜探花，留学日本法政大学。辛亥革命后，任总统府顾问、江西财政特派员、财政部秘书。解放后任中央文史馆馆员。

辛巳中秋喜湘北大捷

洞庭黑云压湖底，汨罗国殇哭屈子。
半月惨淡悲阴风，猰㺄磨牙蛟掉尾。
白骨相撑血肉糜，烈士甘心为国死。
当时天宇愁无光，月色沉沉秋声里。
阵旗半卷风尘昏，肠断湘江呜咽水。
三更大叫泪湿枕，此虏不灭真国耻。
金甲射日日忽开，鼓声震天山欲摧。
合围三军气吞虏，食肉寝皮云岚霾。
长枪缓杀亦不快，聚歼刀河长乐街。
始知士气不可侮，十六万虏同尘埃。
欢呼河山指日复，驱除虏骑清九垓。
今宵秋月喜皎洁，明秋更洗秦淮杯。

1941年

蒲殿俊

　　蒲殿俊（1875—1934），字伯英，四川广安人。曾留学日本，归国后任四川省咨议局议长、《蜀报》社社长。武昌起义时，四川独立，成立军政府，他出任都督。民国初年任进步党理事、众议员。1917年任北京政府内务部长。后任北京《晨报》社长、总编辑。二十年代与陈大悲等在上海成立民众戏剧社。其诗能自抒伟抱。

止　酒

止酒从医谏，因逃恶税征。

已无民畏死，安用壮犹人。

饥饱凭毫翰，兴亡听鬼神。

此生浮未了，差免附朱门。

1932年

岳门铺至西溪道中

似熟还生剧有情，溪山一路引新晴。

云于远岫幻真伪，天戏行人忽雨晴。

早稻花迎催税吏，甜瓜蔓抱下番兵。

不殊风景惟农妇，尚伴鸡豚事馌耕。

山圃晓坐

豺狼尚睡鸟声高，枕上牢愁醒暂消。
课圃尚馀长日静，曝檐亲受万峰朝。
几家成饭兵来享，两脚服箱我幸逃。
望尽雨晴晴又雨，作人殊不比天劳。

慕寿祺

慕寿祺（1875—1948），字子介，号少堂，甘肃镇原人。清末以劳绩保知县分发山西。民国后历任甘肃民政长署秘书长、通志局副总纂兼甘肃学院教席。有《求是斋诗钞》。古风出入李太白、韩昌黎，间似白香山。七律精切而气度恢宏。

周文山、文仙洲由粤东来札

一纸沟通万里情，武威翘楚旧知名。
风吹沧海白波影，霜落陇山黄叶声。
愧我爵封三鹿郡，感君书下五羊城。
吾乡近事曾知否，处处萑苻处处兵。

1920年

回忆九年冬地震状况

往事回思似倒悬，翻疑石破女娲天。
片时改变山成海，平地漂摇屋似船。
宿鸟林中惊乱叫，灵鳌水底厌安眠。
儿童坐守不知冷，曙色微茫眼望穿。

1922年

钱振锽

钱振锽（1875—1944），号摘星，别号名山，江苏武进人。清末曾在刑部任职，后归故里，以教书著述为乐。有《摘星诗草》《名山诗集》。作诗不专学古人某一家，只求以意胜，不计较字句之工拙。清奇朴茂，老而愈真。摹写人情物理，芬芳悱恻。

舣亭纪事

雪后桃花照眼明，菜畦亦复吐黄英。
来鸿直是无归思，愁看春郊寸麦青。
何曾为国作干城，羞道胸中十万兵。
管领哀鸿五千翼，老夫差不负平生。

有　谢

半世孤栖一布衾，怪君交浅太言深。
哀鸿本是同遭难，死鹿原知不择音。
大患有身怜汝苦，得情勿喜谅予心。
申江鱼腹何堪问，欲慰蛾眉口又喑。

北　来

北来貔虎势嵯峨，太息中原血肉多。

洛下不闻花信至，衡阳无复雁书过。

牛毛禁令幽人履，鬼火阴房正气歌。

天道张弓原未误，十洲烟焰接星河。

1944年在上海

夏敬观

夏敬观（1875—1965），字剑丞，号吷庵，江西新建人。光绪二十年（1894）举人。先后任两江师范学堂监督、署提学使。民国初，任浙江教育厅长。晚岁退隐上海康家桥畔，以卖画自给。著有《吷庵诗存》。其诗学陶潜、杜甫、李贺、梅尧臣。陈衍云：“命词薛浪语，命笔梅宛陵。散原实兼之，君乃与代兴。”其诗构思窈深，意趣渊永，浸润家国之愁，于清峻中见风骨。造句谋篇，戛戛生造。能透过一层写，又善用逆笔。

游紫云洞

夹路林阴石谷长，寺门从未见斜阳。
悬楼湿雾生衣履，窍地冷风散殿堂。
小坐已消山外热，日居须是体中强。
九幽堕虎真奇事，正讶天头下曙光。

雨中登天目峰

入谷经行磴几盘，滃然云气出苍山。
水声暗接银河上，松色微存石骨间。
陡剩一亭悬断壁，从知此路到仙关。
根株定不相连属，绕尽群峰未易攀。

黄埔园坐对月

地车一西翻，举境黑如墨。

案头亲灯火，老眼渐亏蚀。

幸有月返照，人间知夜色。

得水意更朗，遂步浦江侧。

川媚夹闹市，仍苦势相逼。

巨舰横中流，众槎复旁塞。

凭栏贪江光，仅睹波路仄。

我心如太清，何物滓胸臆？

近持多言戒，惟对月可厌。

但认月魄中，始是清凉国。

凡物皆不生，方免外见贼。

自虹桥路驰车西新泾遂登疗养院楼

烈日炙地肤，凝膏变溶液。

飙车历郊途，纷错飞轮迹。

虹桥何坦修，衔轸新泾驿。

绵绵通一线，上荫海槐碧。

往古表畷邮，官堠双复只。

诵诗悯周道，夷陌在肘腋。

谁与隐金椎，西路非吾获。

凭高一下视，暮景忽焉迫。

参差等雁行，弧光渐悬夕。

题陈柱尊桂林图卷

腕底胸中半怪奇，无声诗匹有声诗。

是岩通径川流峡，使墨如烟笔似锥。

匝地徒歌惊上界，弥天豪气压南陲。

平生块垒能浇否，只许扁舟酒伴知。

黄　俊

黄　俊（1875—1951），字黄山，号弈楼，湖南长沙人。清末举人，光绪三十一年（1905）与刘笏云创办湖南优级师范学堂。辛亥革命后，一度出任湖南省都督府秘书长。后任湖南大学文学教授，著有《诗学通论》《弈楼诗集》。

浏西道中

桃湾东去渡浏清，草软沙明喜晚晴。
水合两溪成市镇，秋分十字认纵横。
屡经浩劫哀遗孑，可有馀年见太平。
闲听村农话兵燹，尚如谈虎色然惊。

1925年

山居杂诗

三间老屋瓦更茅，嫩竹新松吐露梢。
运任委心何喜惧？诗成脱口懒推敲。
一童卧地牛啮草，独木参天鹤赴巢。
读《易》焚香拜羲孔，忘机狼虎远咆哮。

1926年

夜过香港

几点星光夜气昏，海波如墨认山痕。

百年早失南天险，三岛犹夸西帝尊。

楼阁神仙终历劫，沙虫子弟尚沉冤。

大同天欲无骄子，独扣船舷看化鲲。

1927年

夜舟即景

空濛江色夜光微，有客高歌鼓浪归。

云黑隙中穿电白，月明霁后带星稀。

迎舟山影低昂就，隔岸渔灯葭苇依。

泽畔如闻骚怨意，苍烟何处吊湘妃？

1928年

魏毓兰

魏毓兰（1875—1949），字馨若，山东黄县人。民国初年至齐齐哈尔，创办《黑龙江报》并任主笔。有《黑水诗存》。其诗清警而流畅，《芭蕉》一诗传诵一时，时人誉之为魏芭蕉。

卜奎竹枝词

冬来最好是长征，路上扒犁似砥平。
门外天涯人去也，一鞭风雪马蹄轻。

春 柳

龙城三月雨余天，柳未成阴絮未棉。
绰约黛痕颦更笑，朦胧春梦起还眠。
晴湖别墅听莺酒，嫩渚离歌水上船。
羌笛而今无怨曲，东风吹绿自年年。

登望江楼

独上望江楼上望，风沙万里莽苍苍。
一鞭胡马嘶荒戍，几树寒鸦噪夕阳。
已有帆轮通舶运，可无烽燧警严疆。
登临不尽沧桑感，西泊东湖竟废荒。

王光蜀

　　王光蜀（1876—1961），字家琳，号懒云，四川宜宾人。在故里历任明德中学、中山中学、女子师范教员。善绘事，兼能医。有《懒云窝诗稿》，寓健朗于清畅。

秋　痕

冷光湿翠上城湮，落照虚涵欲逼人。
惨淡几分空色相，溟濛何处认边垠。
花飞芦荻衣轻点，霜满溪桥迹未真。
高古禅机谁领悟，辋川妙笔莫传神。

春草十首 选一

昨夜春风活烧痕，萋萋一色遍荒村。
非兰非蕙青迷径，和雨和烟绿到门。
南浦几人伤送别，西堂有梦黯销魂。
蒙茸十里看无尽，消遣闲愁趁酒温。

陈衡恪

陈衡恪（1876—1923），字师曾，号槐堂，江西修水人，陈三立长子。就读日本高等师范博物学专科，归任北京美术学校国画教授、教育部编纂处股员。著名画家、美术史论家。有《槐堂诗钞》。学诗从"文选体"入手，而不离宋人面目，学黄庭坚、陈与义，兼采梅尧臣、王安石。叶恭绰序其诗钞云："君少承散原先生之训，又濡染于妇翁范肯堂先生之学者至深，第所作乃一易其雄杰倔强之概，而出之以冲和萧澹。"钱仲联说："情真语挚，沁人心脾，但诗笔疏朗，非衍三立一脉者。"（《近百年诗坛点将录》）

题春绮遗像

人亡有此忽惊喜，兀兀对之呼不起。
嗟余只影系人间，如何同生不同死。
同死焉能两相见，一双白骨荒山里。
及我生时悬我睛，朝朝伴我摩书史。
漆棺幽闷是何物，心藏形貌差堪拟。
去年欢笑已成尘，今日梦魂生泪沘。

同汤定之雪后至江亭

晚寒踏雪到江亭，蹀躞明沙细可听。
欲问野僧迷熟径，兀如双鹭立空汀。
倚城薄雾开新霁，出屋疏林失旧青。
天与片时营画稿，柴门坐我未宜扃。

大明湖杂诗

南北游踪了不关，芰荷香里觅清闲。
济南城郭家家雨，裹着拖泥带水山。

陈　融

　　陈融（1876—1955），字协之，广东番禺人。曾任广东省政务委员兼秘书长。抗战中避居越南，后卒于香港。有《黄梅花屋诗稿》。论同时人诗，能力探奥秘，而出以形象。其诗宗黄山谷、陈后山，苍健而洗练。

散原精舍

　　浪语修词宛陵笔，石遗尝谓散原兼。
　　局从苍莽无边拓，句向萧森逼肖拈。
　　能数几人开户牖，比参一卷疏《华严》。
　　寒林高竹宜鸥鹭，忍俊埃尘寸喙铦。

黄节兼葭楼

　　何来秋梦优昙客，别有幽弦变徵音。
　　负手花前栏爱曲，断肠歌后泪弹深。
　　碎金零玉皆诗累，寒雨凄风以力任。
　　骨格终存人亦悴，自捎翎羽费沉吟。

陈叔通

陈叔通（1876—1966），名敬第，浙江杭州人。清末进士，民国初年在上海发起成立民国公会，又先后加入进步党、统一党。后入商务印书馆，再为浙江兴业银行常务董事。作诗力图隐寓民生之苦、时代之悲。著有《百梅书屋诗存》。林志钧序评："如老吏断狱，平亭是非，判定曲直，直中己意，质直无隐。"

映庵同居莫干山，中日上海战事起，赴杭州葬母留书告别，赋此答之

入谷纷然几解人，如君襟抱始为真。
对松对竹了无语，画水画山皆有神。
负土匆匆径归去，留书款款雅相亲。
弥天兵气今方始，危涕沾襟万骨尘。

1937年

大风雨

交衢成泽渐侵扉，未觉秋深冷透帏。
海阔始知风力大，市喧不掩雨声肥。
稻粱已损棉尤歉，兵火相煎岁又饥。
病起荒斋无一事，年来忧患减腰围。

瞿塘峡

不信巫山断，舟人指黛溪。

森然成壁垒，何处著阶梯？

万绿粘天外，双门扼水西。

关心在滟滪，楼阁忽高低。

阻河

阻河谁揖盗，同室转寻雠。

岂仅藩篱撤，从何麦稻收？

长蛇犹可断，巨鹿未能收。

域外频闻捷，因人总自羞。

秋热

事事年来反故常，倒行夏令太荒唐。

已无多日犹为厉，不到穷时总是狂。

谚语有征嗟猛虎，吟怀无奈诉啼螀。

相随霰雪须防冷，老去忧深苦昼长。

1947年

欧阳青

欧阳青（1876—1942），字莲波，晚号静安居士，江西吉安县人。光绪间生员。1931年任吉水县署科长。著《静安居士诗钞》四卷。

秋日漫兴

茫茫大地锁云烟，消息空凭雁影传。
霜叶飘林去不见，风声震耳来无边。
章江千里闻羌笛，鹭水双流夹战船。
庐舍丘墟秋更冷，谁家剩得买衣钱。

闻政府设南京，改北京为北平 二首

（一）

北京久作帝王家，凤阁龙池分外奢。
龙凤不知何处去，河山仍旧是中华。

（二）

青天白日满尘寰，一片燕云付等闲。
世局沧桑无地转，水龙车马闹江南。

1928年

日本挟清帝回沈阳，设满洲政府

鸭绿江头望渺茫，觉罗帝子又还乡。
衣冠委地封燕市，风雨满城闹沈阳。
眼看残棋难了局，身为傀儡漫登场。
料知日出扶桑里，遮断龙旗暗自伤。

阅《上海护生报》

英雄逐鹿各称强，世界翻成屠宰场。
到处山林堆白骨，满天烟雨锁红羊。
松楸露滴冤魂泪，杜宇风寒烈士肠。
华夏同胞半未死，谁能再有护生方。

无 题

大地是炉人是煤，炎炎烈火满尘埃。
云山有迹非真相，草本无形化劫灰。
千里烽烟遮地黑，四方猿鹤唳声哀。
欲翻江水洗馀烬，尚待天生有用才。

彭宝谦

彭宝谦（1876—1952），字受虚，湖北天门县人。曾在湖北省财政厅工作，后设私塾为生。著有《红楼恨史》《东湖草堂诗文合集》。

戊午元日感怀

两鬓添丝感岁华，故园西望隔流霞。
生成傲骨难偕俗，辜负春光懒看花。
空有微名传里巷，苦无净土种桑麻。
劫灰尚有燃机在，何处桃源何处家。

1918年

感　时

酒饮微醺一放歌，伤心荆棘泣铜驼。
烽烟不断连天火，兄弟偏操同室戈。
战士何辜飞血肉，同人无力挽江河。
哀哀只有吾民苦，避匪避兵日更多。

1942年

经亨颐

经亨颐（1876—1938），字子渊，号石禅，浙江上虞人。初任浙江省立师范校长，后任国民党中央执行委员、国民政府政务官。1926年开始习画作诗，在上海结"寒之友社"，风雨泼墨，诗酒联欢。日寇入侵，困于上海租界，未久卒。著有《颐渊诗集》。其诗简练峭逸，以题画咏物为多。于右任序其集云："超逸冲淡，佳者上宗陶、孟，下亦出入倪云林、吴墅人之间，大音希声，摆落尘埚……皆浑穆苍劲，真气横溢。"

梅

元旦过大庾岭抵汉皋

岭上寒梅倒影多，不知残折几经过。
抽毫写出冰坚意，不在花间在断柯。

1927年

香凝松梅

万古长松不改容，空山随处白云封。
天心仍向寒枝现，冷落春光淡复浓。

1929年

白马湖夜坐感旱

赫赫长晴夏欲终，夜来兀坐奈苍穹。
静思竹影非观月，陡起松声后有风。
蔓草丛中石尚热，桔槔韵里水将穷。
更深人倦不能寐，仰望一天星斗空。

1934年

喜　雨

凉自北风又乍阴，沛然真个发狂霖。
庭栽争作霓裳舞，檐漏和于丝竹音。
葭水苍苍适我愿，稻头落落谢天心。
门前搁得扁舟久，料得明朝别浅深。

1934年

黄山松

石骨黄山到处松，根收云海振天风。
横垂不尽万千态，叠叠蒲团知几重。

1935年

居 正

居正（1876—1951），字觉生，湖北武穴人。早年就读日本法政大学时，追随中山先生从事活动。为西山会议派首领。1932年任国民政府司法院院长，1948年辞职。

写 照

少也顽皮老泼皮，居常惭愧四威仪。
观身应许空无我，着相翻疑错认谁。
毋使面从称矍铄，宁教背地说聋痴。
鼠肝虫臂知何似，一任呼呼印雪泥。

卢慎之

卢慎之（1876—1967），号始基，湖北沔阳人。习法政，后入周树模幕府多年。民国初年任平政院评事、国务院秘书长，后隐居天津。五十岁后开始录存其诗。力求融情理于诗，寄寓怀抱，感慨深沉，格调壮阔。愤激之情，以嬉笑之语掩饰之，尤见悲痛。

乐 境

气候轶常轨，倏忽殊冷热。
人类亦同然，忽圣忽盗跖。
胡为生畛域？限此邦与国。
胡为分种族？限此白与黑。
胡为生学说？划分孔与墨。
胡为生爱憎？盐嫫与美色。
我欲穷造化，胡为生荆棘？
我欲问群氓，胡不生羽翼？
同是为夫妇，或孕或不育。
同是为孩童，或生或不禄。
明足察秋毫，何以有盲目。
捷步快先登，何以有跛足。
六合同覆载，何以判荣辱？
贱躯与官骸，何以分愚哲？
贵贱悬霄壤，里巷异歌哭。
强者厌文绣，弱者供鱼肉。

忧患使人悲，安逸使人溺。

名利使人歆，情感使人惑。

百怪与千奇，吾舌难尽述。

何术驭凡民，群雄不逐鹿。

相率勤陇亩，日出而入息。

干戈胥扫除，生民获幸福。

老夫不解事，残编容我读。

凡百从民欲，其乐真无极。

解　嘲

前年饯岁复自饯，去年又写留别辞。

已饯已别犹恋恋，老而不死欲何为。

答言去留非由我，有命在天胡不思？

或者贤愚或夭折，或者荣辱忽参差。

静观千年如一瞬，运行流转不知疲。

群氓蚩蚩苦不觉，稍觉变化惊新奇。

恒言人睡如小死，日日生死相推移。

吾身虽已回物化，子孙嗣续已潜滋。

蚁穴侯王成世界，百千万年仍在兹。

老庄阐明哲学理，彭殇一例世皆知。

精灵自足存天壤，躯壳重毁胡足悲？

自饯留别皆多事，姑作话柄留新诗。

世 变

爱新觉罗握枢纽，宗社沦亡妇人手。

倭寇称霸肆侵吞，太平洋中兴戎首。

兼弱攻昧放厥辞，任意屠杀到鸡狗。

五十年来亡国恨，忍辱含垢言之丑。

希酋勇敢世莫当，坚甲利兵前无有。

楚歌四面垓下穷，困兽柏林谁与守。

天心终不爽报施，莫谓历史前无偶。

闲 吟

逝水繁华一例空，暮年萧瑟作诗翁。

收将万缕千行泪，都付长吟短咏中。

狐鼠东西犹窜穴，马牛南北各殊风。

浣花飘泊支离感，今古情怀大抵同。

胡 朵

胡朵（1876—？），字眉仙，江西南昌人。年十九岁走京师，入管学大臣张百熙幕府。光绪三十二年（1906），入吉林巡抚朱奏幕府。民国后居南京，先后作记者、教授、部僚秘书。著《江上晚晴楼诗》。自序言诗"可以入幽出明，能苏万古沉郁雄奇、芬芳悱恻之魂，令人歌哭笑骂，得意环中，驰情域外"。叶恭绰序其诗云："天风海涛之气，云霞丹青之状，充溢口耳，间与二三十时（岁）无异也，而骨益坚，格益苍。"

孝陵至栖霞

孝陵游罢又栖霞，行脚当春兴倍奢。
来共高寒仙佛境，应怜寂寞帝王家。
一身缥缈云中鹤，万口喧呶涧底蛙。
桑下分明无所住，不须三宿问年华。

游琅琊开化寺还至醉翁亭

欲寻丹壑眺神州，路转峰回到此幽。
钟阜极天双对立，长江一线混茫流。
山中讲座袈裟失，门外风幡问答休。
领取昔贤丰乐意，环滁青翠上帘钩。

龙蟠山

浪打沙淘到此难，何年屈曲降蟠龙。

朱明有道长陵闭，青骨成神一庙崇。

烟水六朝留爪迹，风云半壁老江东。

几时摇尾中原去，跨海腾霄破碧空。

秋日登雨花台

台空花寂看闲云，一水湾湾几舍分，

啜茗客来依席坐，缫丝声响隔篱闻。

沙明远渚飞回鸟，郭绕青山带夕曛。

满眼新祠先烈字，冈头不见女儿坟。

李宣龚

李宣龚（1876—1953），字拔可，号墨巢，福建闽县人。光绪二十年（1894）举人，曾与张謇共筹南洋劝业会。入民国后，筑硕果亭于沪滨，创办水泥厂、火柴厂、玻璃厂，又与张元济共营商务印书馆，后任总经理。著有《硕果亭诗集》《续集》。杨钟羲序其集云："闽人之诗，沧趣典远，其绪密；海藏清刚，其气爽；拔可出稍后，深粹坚栗，境界自辟。"汪辟疆《点将录》评其诗"深婉似荆公，孤往处似后山，隽逸处似简斋，高秀处似嘉州（岑参）"。感物造端，兴寄空灵，简远有神，突兀排奡，精思健笔，又有回旋婀娜之致。句如："涌来积雪三分白，点破遥空一半青"（《辛夷花下》）；"终夜瀑喧非有雨，半空月在却闻雷"（《莫干山夜坐》）。清空要眇，寓凄婉于遒劲之中。

过东方图书馆有感

万学归根本一墟，烧城烈火太狂且。
上砖永志浮图矢，裂壁难潜鲁宅书。
敢避当关撄虎豹，谁容执简注虫鱼？
家居撞坏无人问，肯惜区区到五车。

寿散原丈

匡庐五老与天高，深眇能收一世豪。

孤抱定应亲木石，微吟时足荡风骚。

养生自蓄三年艾，斗健才题九日糕。

留饮料多钱尹辈，莫因忧国损霜毛。

嘉州道中

抱城绿野与江平，路入嘉州水更清。

松气日光三百里，峨眉天半片云横。

丁丑九日作

天狗频闻坠地声，却疑瓯脱是围城。

园中犹可来宾客，菊外谁知有死生。

一雨暂教兵气洗，九秋难遣壮心平。

世间身手真何罪，请赋无衣为我鸣。

1937年

日本陷婆罗洲，我国驻山打领事卓
还来抗敌不屈卒死于难，作此哀之

述德真能溯本原，断无失节晦翁孙。
贼中嚼齿胸终决，劫后归元发仅存。
剩有遗书慰亲舍，长留正气壮师门。
四方会葬衣如缟，牛首新阡尽泪痕。

周钟岳

周钟岳（1876—1955），字惺甫，号惺庵，云南剑川人。历任云南军都督府秘书长、代理省长、国民党政府内政部长。有《惺庵诗稿》。

上海战

靴尖一踢坚城倒，沪渎区区何足道。
倭酋令限四小时，欲逐华兵迹如扫。
岂料苍头起义军，奋身抗战勇无伦。
大呼斫阵一当百，挥刀杀敌如孤豚。

封祝祁

封祝祁（1876—1959），字鹤君，广西容县人。举人出身，以试用知县分发湖北。民国初年为蒙古都护副使。1930年任广西大学秘书长，后任广西通志馆馆长。有《檗庵诗存》，其诗取法李、杜、陶、苏诸家。爱国情炽，有现代广西诗歌巨擘之称。

闻 捷

露布中宵驰，欢声浃四野。

倭夷竟悔祸，消息信非假。

是夕大雷雨，俨奔昆阳儿。

三复少陵诗，天河洗兵马。

喜心翻倒极，双泪襟袖洒。

此意古人同，今有殊古者。

神州遍蹂躏，完土嗟已寡。

况复累世仇，未报面应赧。

余痛宁可忘，歆嘘笔重把。

浩歌回松风，倘继平淮雅。

王国维

王国维（1877—1927），字静安，号观堂，浙江海宁人。清末诸生，初在上海任时务报馆书记，后留学日本，归国后在通州师范学堂任教习。辛亥革命后，随罗振玉流亡日本。1916年归国，在上海任仓明智大学教授。1923年充溥仪南书房行走。后任清华研究院导师。1927年5月自沉于颐和园昆明湖。著有《人间词话》《宋元戏曲考》等。

题贡王朵颜卫景卷四首 选二

（一）

千岩岞崿锡伯邸，万木沉酣武列原。
谁分江南兵火里，赤山招得董源魂。

（二）

玉溪诗得少陵魂，向晚高歌武帝孙。
解道英灵殊未已，不须惆怅近黄昏。

1924年

题御笔牡丹九首 选二

(一)

摩罗西域竞时妆，东海樱花侈国香。
阅尽大千春世界，牡丹终古是花王。

(二)

唐人竞买洛城闉，篱护泥封得几旬？
一自天工施点染，画堂常作四时春。

向　楚

向楚（1877—1961），字仙乔，一作仙樵，号觙公，重庆巴县人。早年在东川书院师从赵熙，与周善培、江庸时称赵门三杰。辛亥革命时蜀军政府成立，任秘书院院长。倒袁失败后，逃亡上海。广州护法军政府成立，返任四川政务厅厅长。后弃政，先后任成都大学、四川大学教授、文学院长。著有《空石居诗存》。黄稚荃前言云："雅正高华，古近体无不工，古诗铺张终始，阐发议论，才力中尤见学识。七言律诗之美，妙绝时伦，绚素相宜，宫商协畅。"

闻临潼兵变寄怀邠斋海上

每观世变溯前因，自分馀生作幸民。
海上书来方过雁，吟边枫落最怀人。
惊心北塞风烟紧，覆手中原弈劫新。
蹙蹙四方多难日，眼前消息问交亲。

1936年12月

吴一峰画渝中山水索题

隔岸帆樯估一湾，大江孤艇客东还。
白云半抹春如笑，知是渝南雨后山。

明　月

沧海升沉第几回，江山倒影入深杯。

蛾眉冷瞩天将老，兔脚寒封劫后灰。

千古恒河清见底，三秋丛桂郁成材。

嫦娥欲问人间世，谁向蟾宫去复来。

题《铁血斑斓图》

青天霹雳血花寒，猛虎声中藜藿干。

博流沙头期海客，要离冢畔买青山。

驰驱许国无双士，忧乐关人十九年。

成败死生今已矣，相看一念一心酸。

徐特立

徐特立（1877—1968），名立华，湖南善化人。曾任湖南第一师范教员。1919年赴法国勤工俭学，归国后创办长沙女子师范。后在中央苏区任教育人民委员会副部长，在延安任苏维埃中央政府教育部长。

送董老赴京六首 选二

（一）

双足何时息，前瞻路尚赊。

吾华警烽火，四海斗龙蛇。

不拟霜同鬓，唯将国作家。

轺车驶京邸，秋菊正开花。

（二）

万国王冠落，吾京独屹然。

蔺廉重好合，萁豆弗相煎。

单调难成曲，群擎可拄天。

佳音告黄帝，桥山且驻鞭。

1940年

邢朴山

邢朴山（1877—1947），海南文昌县人。曾任海南总商会秘书，后流寓广州湾、广西等地。著有《朴山诗存》。大多是海南风物之作，风格清丽，明快流转，声韵谐婉。

大昌道中

一路红泥水浸车，椰林深处有人居。
山田叠叠新栽竹，枝叶婆娑四月初。

黄荣康

黄荣康（1877—1945），字祝蕖，号大荒道人，广东三水县人。抗战时避难，从广州回故里三水县中学教学，与同人组织烽火诗社。有《凹园诗钞》。

夜市和天任

谁辟羊城闹热场？万人如海趁灯光。
惊馀不识干戈苦，冻死犹闻酒肉香。
泪掬鲛珠罗刹国，馨携鬼手女魔王。
老生自笑寒酸甚，也唱新词过教坊。

徐州和天任时徐州方陷

微山湖畔阵云斜，日落孤城咽暮笳。
北控黄河争饮马，南飞碧树不栖鸦。
已看平野成焦土，犹听残兵唱聚沙。
棋局输赢君莫问，雄图毕竟是中华。

中 元

冥冥昧昧复茫茫，一倚阑干望眼长。
忉利有天成醉梦，目莲何地作坛场。
风凄野屋号牛鬼，月暗山坳出虎伥。
欲挽银河洗兵甲，空教含涕问穹苍。

1940年

高巨瑷

　　高巨瑷（1877—1952），字蘧甫，心夔之侄，江西湖口人。光绪间优贡，入京师大学堂，后选送日本留学，毕业于东京中央大学经济科。入民国，先后任江西司法局长，审计厅长，江苏督军署机要处长，国民政府军事参议院秘书长。著有《灵华窨阁诗文钞》，未及刊刻。其诗笔力老健，宋诗格调，然无涩峭之习。

次韵步心禅见赠

渴病骚愁不计年，相逢疑是醉中颠。
胸涵虞夏无今古，目笑王卢有后前。
般若不闻魔亦佛，祛梨能饱蠹皆仙。
游神澹漠如君少，月映空潭何处边？

莫讶霜毛失故青，掷貂还向酒家亭。
座中旧雨联新雨，天上妖星晼客星。
潘岳帘栊春寂寞，杜陵幕府夜伶俜。
倾樽一吐酸心事，并作沧桑过眼听。

民国廿九年暮春，与从妹寿宜出游永新射晖桥，访陈玄香夫妇

几度招邀过野桥，夕阳依岸为停篙。
门前看种陶潜柳，湖上来迎范蠡舠。
浊世泥人都白发，征尘浣我是青袍。
逢君一夜殷勤话，煮酒论诗兴倍豪。

天涯到处走胡尘，只为樽前现在身。
客里湖山谁是主，世间猿鹤最相亲。
酣歌击筑徒悲楚，置酒倾襟共笑颦。
回首河梁明月夜，照人肝胆古陈遵。

1940年

宋锡昌

宋锡昌（1877—1957），云南大理人。在乡村教读。著有《醉春楼诗稿》，辑有《云南竹枝词》。

苍洱行

灵鹫北来峰十九，似笋班联非培塿。

阴雨连朝霁不开，十八溪声泉乱吼。

奔流到海入蛟宫，大石粗沙沿河走。

漫道烟景有十楼，红羊劫后成荒邱。

数十年来少恢复，寥落寒山相对愁。

陵谷不易西洱水，常存三岛与西洲。

碧邑自古称苍洱，蒙氏割据能归唐。

方知负隅非长策，金瓯无缺史册光。

廖仲恺

廖仲恺（1877—1925），原名恩煦，广东惠阳人。尝留学日本，加入同盟会。辛亥革命后任广东都督府总参议兼理财政。1922年协助孙中山确立联俄、联共、扶助农工三大政策。历任国民党中央执行委员、工人部长，农民部长，黄埔军校党代表，广东省长，财政部长。1925年8月被国民党右派暗杀。有《双清词草》。

民十一年六月禁锢中闻变有感

珠江日夕起风雷，已倒狂澜孰挽回？
徵羽不调弦亦怨，死生能一我何哀。
鼠肝虫臂唯天命，马勃牛溲称异才。
物论未应衡大小，栋梁终为蠹蟓摧。

咏到潜龙字字凄，那堪重赋井中泥。
当年祈福将刍狗，今日伤心树蒺藜。
空有楚囚尊上座，更无清梦度深闺。
华亭鹤泪成追忆，隔岸云山望欲迷。

1923年

留诀内子二首 选一

生无足羡死奚悲，宇宙循环活杀机。
四十五年尘劫苦，好从解脱悟前非。

蔡公时

蔡公时（1877—1928），号痴公，江西九江市人。武昌辛亥首义时，成立军政府，任交通司长。护法军兴，任大元帅府参议。1928年北伐军至济南，驻济日军开枪寻衅。公时以交涉员身份与日军交涉，备受凌侮而不屈，卒被割耳鼻而死难。以诗明志，矫健宏壮。

题黄花冈 二首

（一）

五百健儿齐遁去，三千子弟不生回。
见明义礼真奇勇，能转乾坤乃霸才。
词客愁随荆棘长，英雄血和杜鹃开。
诸君凭吊须珍重，不抱丹心莫错来，

（二）

芳香一掬奠荒丘，陌上风云尚未收。
鹃鸟红啼杜鹃血，冈花黄作燕塘秋。
战馀骨肉皆功狗，劫后衣冠半沐猴。
七十二人留扦土，昔年今日已埋愁。

于右任

　　于右任（1878—1964），名伯循，号骚心，陕西三原人。清末肄业于震旦学院，与学友创办复旦公学。东渡日本，加入同盟会。归国后创办《神州日报》《民呼日报》。后任南京临时政府交通部长。1918年任陕西靖国军总司令。1923年当选为国民党中执委并任农工部部长。1927年任国民联军驻陕总司令，因失利退出军界。1931年任南京政府监察院院长。1949年11月往台湾。著有《于右任诗词集》。认为诗应"发扬时代精神"；"化难为易，接近大众"。其诗渊源于李太白、苏东坡、陆放翁、元好问，近学黄遵宪。清畅俊爽，而又深厚凝重。于博丽中见沉雄，蕴藉中含豪放。笔力雄健而语言晓畅。

春　雨

悯乱天偿雨一犁，饥鹰啄凤事难齐。
相期天地存肝胆，犹见关山动鼓鼙。
河汉声流神甸转，昆仑云压万峰低。
花开陌上矜柔艳，勒马郊原路不迷。

1919年

中秋夜登城楼

夜静云开月已斜，城楼倚杖听残笳。

关河历乱无归路，儿女团圆有几家。

浊酒因风酬故鬼，战场如雪放荞花。

可怜垂老逢佳节，泪洒戎衣惜鬓华。

1921年

民治学校园纪事诗后十首 选一

一夕相惊已白头，天荒地变见残秋。

心如落叶飘难定，身似栖鸦绕几周。

岂料奇花为败酱，应怜异草亦含羞。

嗟余蓬转无宁日，蕙圃芝田何处求？

1921年

淳化西行道中

老矣策战马，通天台下行。

云埋钓弋墓，风撼赫连城。

原陡河流疾，山荒野烧明。

五年徒负负，从此又西征。

1922年

岐山城外

破屋颓垣尽战场，参差雉堞认金疮。
争传汉将杂耕种，不见周原栖凤凰。
文字失真摹石鼓，生民多难抚甘棠。
来归如市将安慰，走马西郊亦自伤。

嘉陵江上看云歌赠子元、省三、陆一

云如蒸气岩前起，山似馒头石似米。
扣舷而歌歌未终，雨打孤篷衣如洗。
风风雨雨断客肠，从亡诸子俱凄凉。
关山百战逾秦陇，舟车经月道雍梁。
时虞缯缴如飞鸟，辜负江山看剑芒。
噫吁嘻！奇云忽聚忽飞散，峭壁时隐时出现。
客心如海复如潮，鹃声似续还似断。
无平不陂往不复，有酒一尊诗一卷。
醉后愤愤呼苍天，顿足踏破嘉陵船。
云引愁心雨引泪，嘉陵江上话昔年。
龙门浪急鼍鼋吼，华岳云埋鹰隼骞。
间道忘身生命贱，孤军苦战岁月迁。
灾深饿殍横三辅，痛剧国伤泣九泉。
子弟前仆争后继，父老壶浆半含涕。
将军歃血举义旗，中道反戈先变计。
谁信李陵报故人，羞为于禁污家世。
甑已破矣难苟全，秦无人焉望空祭。

不哭穷途哭战场，一龙一蛇一螳螂。

云横秦岭关门锁，梦落周原战垒荒。

1926年

归陕次潼关作

迟我遗黎有几何？天饕人虐两难过。

河声岳色都非昔，老入关门涕泪多。

1929年

七绝一首

风虎云龙也偶然，欺人青史话连篇。

中原代有英雄出，各苦生民几十年。

1935年

西伯利亚杂诗

莽荡风云眼底开，大荒之野荷戈来。

党人流放知无数，条约荒唐信可哀。

民族于今矜解放，山林从古未夷摧。

穷乡转瞬成天国，革命何人唤不回。

1935年

江 庸

江庸（1878—1960），字翊云，福建长汀人。清末举人，民国初年任北洋政府司法总长、政法大学校长。抗战时在重庆任国民参政会主席，并曾推选为饮河诗社社长。诗风清隽婉畅。

南游杂诗

行尽横塘始见山，灵岩依约湿云间。
斜风细雨鸥波路，一棹冲寒又往还。

消受春波桨一枝，好风吹柳碧参差。
夕阳忽下孤山路，一角湖波露酒旗。

白 梅

生来从未近雕栏，翠袖宁禁晓夜寒。
占得溪山幽绝处，不妨人作野梅看。

1938年

春晴登西园亭

听风听雨过清明，柳欲成阴花满城。

湖海情怀空旖旎，云天涕泪独纵横。

酒家木末青旗近，游骑江头白袷轻。

短后明朝当试马，平芜尽处可闻莺。

石铭吾

石铭吾（1878—1961），名维岩，号慵石，广东潮州人。执律师为业。1932年与饶纯钩、杨光祖等创立壬社，为第二任社长。自谓为诗尊王半山、黄山谷、陈后山，喜陈简斋、杨诚斋、陈止斋。有《慵石室诗钞》。陈衍在其序中评论说："奇肆挺拔，盖为义气而近于雅者"。

过恶溪

龙王庙畔已啼乌，恶鳄溪头又雁呼。
去水将愁供浩荡，乱山如梦入模糊。
荒凉宿草新碑字，蹭蹬高阳旧酒徒。
落日西风莽回首，孤舟一棹过黄垆。

入　城

卯岁离家计七周，酉年重返古瀛洲。
街前蔓草青争眼，乱后亲朋白到头。
乔木故家几存没，冤魂枯骨孰招收？
欲将遗事问韩水，东去无言滚滚流。

1945年

王 烜

王烜（1878—1959），字著明，甘肃兰州人。光绪间进士，授户部主事。民国初年任甘肃省公署秘书长，政务厅长。著《存庐诗文集》。记陇地之风情，写民生之疾苦。著有《兰州竹枝词》《五泉山竹枝词》。

饥民谣

大雪满荒甸，鸟鸣何所恋。
雄飞觅枝栖不定，雌飞觅食粒不见。
村中老翁呼老伴，遣儿寻柴炊晨膳。
箱中豆麦已无羡，还防官军索米面。

1928年

雪后郊行

冰轮辗碎玻璃平，雪满荒原载酒行。
山下路遥人迹少，村边树重鸟声轻。
萧萧飞霰时侵屋，黯黯炊烟晚罩城。
忍死须臾慰农老，还来绿野看春耕。

十月十七日夜，敌机又袭兰

生死关头顷刻临，兰山夜色乍萧森。
霜天惟有号寒切，雪地何堪入谷阴。
浩劫无如机器劫，丹心欲问上苍心。
成群铁马番番过，此日神州叹陆沉。

尹性初

尹性初（1878—1950），湖北武昌人。一方宿儒。其诗以沉郁多慨而名闻乡里。

和杨澍华《月夜感怀》遗稿原玉

椎碎鹤楼一系舟，百年多事几多愁。
衰存壮逝天难测，立异标奇物莫尤。
梦鹿空嗟生幻想，斩蛟未许息狂流。
思君日夜频挥泪，碍眼浮云何日收。

1947年

黄炎培

黄炎培（1878—1965），字任之，上海川沙县人。举人出身，早年入南洋公学，师事蔡元培。民国初年任江苏省署教育司长、江苏教育会会长。在上海创办中华职业教育社，筹办吴淞同济学校。1941年成立民主同盟，被选为常委。1945年成立民主建国会，被选为常务理事。少习晚唐诗，受温庭筠、李商隐诗风影响，得其整饬凝练，弃其绮艳繁缛；后又取杜少陵之沉郁、苏东坡之旷逸。新奇飘逸，苍凉警拔。以七古成就为著，浑涵汪洋，千汇万状，流转爽利，雄健痛快。著有《苞桑集》《天长集》。

滇越铁道中

缭天一线矗云鬟，尽日纡行苍翠间。
失喜前车出幽谷，却寻来路见他山。
飞身拔海惊千尺，照发回塘得一湾。
终古长虹横绝涧，匠心端合让红颜。

自注：最高处水塘出海面一千八百米，有长桥跨深谷，诸工师束手，一女子制图应征，桥乃成。

1923年

大宇歌自鄂飞陕空中作

大宇窄窄风浪浪，千山万山明夕阳。俯看太华小培嵝，终南大脉横脊梁。江长汉广行潦耳，自馀纠结难名详。中有千年民人未睹世界大，亦有沟犹小儒读书自娱不问国族之兴亡。龙蛇大泽靡不有，岂无鸾凤栖高冈。刀兵水火一劫白万骨，乱极思治还复修农桑。以此构成周秦两汉晋隋唐宋朱明大史册，共和五族稍稍流曙光。旁风上雨来重洋，江帆海舶争输将。人人蹶起求生本自力，中州元气犹灵长。我生其间天职宁自忘，谁披荆棘修康庄。游心八极目四海，补苴罅漏汲汲殊未遑。九边寇峰日夕张，奋我神威收岩疆。人心不平有如地，山川纠缪心忧惶。无情白日自西匿，惟见大块烟云馀莽莽。

1936年11月23日

大风中空行

到此真浮博望槎，手扪日月弄云霞。
红黄叠浪珊瑚海，黑白翻空玳瑁花。
直欲孤身犯牛斗，应怜下界惨虫沙。
开襟无际成高朗，何用人间更忆家。

1936年11月26日

西江八首 选一

江从绝徼探源远^①，山为神州拱卫严。

古洞蜕真虚石座^②，危松植界挺峰尖^③。

千崖渥赫光腾宝^④，一路浓葩景入炎。

两戒于今归一统，梅枝南北更何嫌。

自注：①大庾有水，为章江之源。②钟鼓岩有洞，洞中有修道石
　　　座。③大梅关顶，赣粤于此分界，有二松挺立为界。④山
　　　崖作赤色，钨、锡皆产此，植物作浓绿色。

戊寅重九黔蜀道中

弥天浩劫北南东，人在重阳客路中。

久隔不胜珍友札，老来渐少梦慈容。

高岩云斧斜皴白，微雨霜花冷绚红。

惊报汉湘双舶火，千人一夕化沙虫。

1938年

重游北碚温泉公园，维钧偕行

嘉陵小三峡，久别怅如何。

暂许携裙屐，重来访薜萝。

赍愁山入雾，挟怒水掀波。

秋雁江心影，犹闻诉棹歌。

四海兵戈沸，百年桑海翻。

林泉变朝市，岩穴避衣冠。

直过朱门哭，相忘白骨寒。

山名吾忍说，独乐此林峦①。

自注：①歌乐山。

1942年11月15日

黔山血

长沙二日忽不守，　衡阳死守亦莫救，　敌骑骎骎及桂柳。

市民火梃宵登陴，　去去无启中枢疑，　旦日尽室无一丝，

身为民望先去之。　哀哉流人人一命，　行行敢抗将军令。

欲渡无楫出无车，　土著犹可客则那。　黔山西望森槎枒，

蠕蠕一径奔长蛇。　后方飙毂何辘辘，　有车载客级凡六。

坐者立者各局促，　壁厢大索络客腹。　窗外秋千舞客足，

方丈之顶立百鹄。　自馀尤足刿心目，　车底板支前后轴。

客卧其上动则覆，　须臾无死死转速，　始信人间地有狱。

此非地狱乃天堂，　仅乃得之倾金囊。　道旁千万穷饿者，

逃亡无所泪如泻。　一声铁笛扶摇风，　横冲直捣人潮中。
石梁窄窄何能容，　蚁群涧底血溅红。　穴壁纳车通一霎，
车顶纷纷舞秋叶。　或碎其颅削其颊，　死者有魂宁及慑。
山回路绝金城江，　夜车成列众杂咙。　轰然巨声震天发，
连珠演响爆万骨。　道旁居者无一活，　杀人者谁抑自杀？
子失其母妻失夫，　褓负不胜掷路隅。　神丧魄夺惟怪呼，
骨肉不识如醉愚。　亦有仁浆远莫致，　迟迟索我枯鱼肆。
朔风连宵山雪雾，　槁饿不死亦冻僵。　斯时文武官何在？
未闻寇至先气馁，　人人明哲藏身待。　斯时百万兵何为？
若者黄巾若赤眉。　嗟哉敌骑百有奇，　纵横劫杀听客为。
独山拱手灞上嬉，　非不桓桓饥且疲。　一夕数惊寇潮涌，
筑垣斗大麋万众。　谁欤守者此城瓮，　馈军之将贾馀勇。

1945年2月28日

吾　心

老叩吾心矩或违，十年回首只无衣。
立身不管人推挽，铄口宁愁众是非。
渊静被驱鱼忍逝，巢空犹恋燕知归。
谁仁谁暴终须问，那许西山托采薇。

1946年4月2日　上海

苦 口

苍生痛哭岂无人，苦口哓哓又一旬。

梦逐河边新万骨，觞歌白下醉千春。

才驱敌去思劳止，复为谁来点卒频。

缫出和娘丝又熟，受降城月尚如银。

1946年10月

阴 冻

莫道阴霾冻不开，无心终盼一阳回。

闭门忍听千家哭，袖手何曾万念灰。

枉欲投鞭平黑水，生愁抱蔓到黄台。

邻翁走告军符急，夜半搜床里正来。

1946年11月

胡朴安

胡朴安（1878—1946），安徽泾县人。南社社员，旅居上海，曾任《太平洋报》《民报》编辑。著有《中国文学学史》《中国训诂学史》等。高燮在《胡朴安诗稿序》中论其诗："质而有文，精实而多见道语。"

晓行黄浦

破晓行黄浦，天空意自豪。
雨余江气润，风动市声高。
远树含烟活，孤帆映日飘。
故乡山水好，何日息团瓢。

游西湖和子实韵

一湖烟水自清清，绿满郊原雨后生。
波荡微风云继续，山留夕照树阴晴。
轻鸥逐艇浮沉见，游女寻芳珠翠明。
宝马香车归路晚，黄莺犹自弄新声。

次韵和鹓雏

四海皆秋不独春，书琴酒剑自相亲。

乾坤已乱莫为主，名实相淆尽是宾。

赖有文章纾郁结，恨无花鸟寄精神。

沧桑变幻浑难料，世局茫茫莫认真。

林之夏

　　林之夏（1878—1947），字凉笙，号秋叶，福建闽侯人。才兼文武，曾被孙中山任命为师长并授上将衔，后历任福建都督府顾问、浙江巡阅使署秘书。著有《海天横涕楼集》。

书赠赵厚生

仙蛾听说貌倾城，窈窕应堪百辆迎。
我尚未婚君莫嫁，秦楼他日共吹笙。

阪尾竹枝词

保甲遮门点壮丁，俨如盗劫破重扃。
中宵犬吠人声沸，一枕无端客梦醒。

胡毅生

胡毅生（1878—1953），广东番禺人，胡汉民堂弟。曾参与护法、讨龙、讨袁、北伐诸役。晚年居台北。有《绝尘想室诗》《香牌集》。

苍梧军次示偕行诸子

旭日瞳瞳曜素旄，炎荒冬雾似秋高。
山经恶战阴霾散，士解同仇意气豪。
扰蜀吴曦终受戮，放兵元济岂能逃。
澄清自是男儿责，万里从征敢惮劳。

1921年冬

百花冢吊张丽人

松楸十里沙河路，高冢相望尽鬼雄。
谁识梅坳最深处，有人曾此瘗春风。

李兆蕃

李兆蕃（1878—1934），字佑民，号退庵，江西上高人。肄业于经训书院。设帐环水庵，每与胡思敬、魏元旷、辛际周、卢兆梅等相与唱和，抒胸臆，道性情，有高士之风。著《退庵诗存》三卷。出入六朝、盛唐诸名家。尤工五言古风，能寓沉挚于简淡之中，振奇崛于渊邃之内。

夏夜望月怀兰社诸君

夕阳忽西落，山色倏已暝。

皎月渐生东，松泉满清听。

瀹茗对西窗，乘风坐石磴。

远岸送荷香，隔壁闻钟磬。

感此怀故人，中宵神勿定。

山水怅苍茫，呼之不得应。

星夜有同情，应当触清兴。

杂 诗

藤萝挂屋角，日衍日滋蔓。

饱经雨露恩，垂垂映幌幔。

芒刺互勾穿，枝条密相绊。

樵苏不敢爨，根深斧斤赦。

岂知事无常，冰山遭日涣。

墙倾瓦砾摧，欹托失一旦。

变态瞬沧桑，志士常三叹。

用东坡尖叉韵书感二首

（一）

疏疏小雨泻廉纤，城邑犹闻鼓角严。

劫寇横行搜及箧，榷征税溢价加盐①。

（二）

闭门谁著王符论，闲座惟欹绿竹檐。

倭虏又闻持旧约，霾云隐隐没峰尖②。

自注：①今岁二月报载盐加价，每引又增税十元。②余阅近报，日本有不肯废约之语。

长夏风清燕掠斜，漫游谁复走轻车。

狂怀阅世真成梦，老眼观书尚未花。

海舶交通闻揖盗，渔阳鼙鼓半无家。

烽烟频蹙何时已，鲸吼沧洱不可叉。

过洋田里感赋

蜗争何事逞机锋，一炬秦灰望眼空。

岂是蚌缘蕉梦启，应教运合劫羊逢。

垣颓瓦断荒烟外，鬼啸风呼落照中。

天地不仁刍狗甚，凄然寄咏意忡忡。

汪荣宝

汪荣宝（1878—1933），字衮甫，江苏常熟人。入民国，先后任驻比利时、瑞士、日本公使。研史工诗，著有《思玄堂诗集》。诗崇尚李商隐，沉博绝丽，后学陈师道，所作转趋清超遒上，不拘限西昆体。汪辟疆说他"工于变化，深微婉丽，韵味旁流，有义山之清真而无其繁缛。晚作尤高，庶几隐秀"（《近代诗派与地域》）；"晚岁所作，苍秀在骨，江左旧格，为之一变"（《光宣诗坛点将录》）。

法兰西革除日

火树银花向夕惊，途歌同庆自由生。
百年信此基民福，群盗于今假汝名。
北徼烟尘增黯淡，中原戎马日纵横。
羁人欲贺更相吊，独对寒灯耿耿明。

故　国

故国烟尘首重回，风廊愁对夜帘开。
天临大野星辰远，秋入空山草木凉。
一夕商歌催鬓改，万方羽檄阻书来。
龙拿蚁斗知何限，同付残僧话劫灰。

无题四首 选一

十二阑干接苑门，微波想像袜尘存。
亭虚碎竹难休籁，池冷枯荷只倚根。
可待重来成顾影，不曾小别已消魂。
霜梨留得残红在，肯为春阴费夕曛。

咏史有寄

中原亡鹿不堪求，阻海犹能主一州。
失水正须升斗活，随阳岂有稻粱谋。
蓬莱未必多仙药，松杏依然是故邱。
白发回天粗已了，江湖迟子入扁舟。

牛诚修

　　牛诚修（1878—1954），字明允，号松台山人，山西定襄县人。历任山西军署谘议、猗氏县长，并任国民政府内政部参事。1930年卜居故里，后推举为晋察冀边区参议员。著有《雪华馆诗钞》。

壬申冬时事书感

北伐南征是处同，三民主义不成功。
分明旧党组新党，误信欧风胜国风。
满目疮痍临浩劫，廿年铁血失孤忠。
中原第一伤心事，多少青年醉梦中。

1932年

暮秋闲眺

一局闲敲罢，逍遥牧水旁。
荒城留古迹，倦鸟下斜阳。
烟锁霜林暗，风飘野菊香。
沙鸥三五集，相对两相忘。

同杜星南、杨仁轩游普陀山

南海波中见普陀，风光四月正清和。
山分前后峰峦少，水纳江河雨露多。
草木偏生无税地，禽兽不入有尘窠。
辞官到此身无累，三十六庵取次过。

十一月廿八日倭寇到村索马，举刀相迫，几受其害，赋此志愤

问鼎中原气太骄，人心思汉志难摇。
凭他白刃横加颈，不为狂奴偶折腰。

连 横

连横（1878—1946），号雅堂，台湾台南人。曾漫游大陆，1914年回台湾，著《台湾通史》。李渔叔认为他"篇翰清警，戛戛生新，然未敛惊才，转多浮响"。

过台南故居

海上燕云涕泪多，劫灰零乱感如何。
马兵营外萧萧柳，梦雨斜阳不忍过。

圆山杂诗

视师海上久留铭，一剑东来气已横。
何日化龙天外去，至今争说郑延平。

过邯郸

丛台置酒英风歇，赵女弹筝夜月阑。
北望关山南望雁，竟无只梦坠邯郸。

闻日本乞降

长夜知必旦，忍死期见之。

空拳时复张，腾飞羡健儿。

金瓯幸无缺，黄裔恢天维。

生睹复台澎，兹乐足伸眉。

虎殪伥亦仆，义战胜固宜。

水深火热馀，满目犹疮痍。

树义乃克济，树援难久持。

莫谓常谈耳，至理初无奇。

1945年

张　建

张建（1878—1958），字质生，晚号退叟，甘肃临夏人。民国初年历任绥远烟酒事务局长，临时参政院参政，因感时事日非，年五十归隐兰州。著《退思堂诗集》。

冬日言旋，由京汉转正太火车行万山中，换载后膏沃平衍，直至汾州车轨深裂，四五日间屡更景物，感而赋此

杖策西征眼界宽，二陵风雨梦长安。
火龙穿透山心腹，天马蹴伤地肺肝。
乱世英雄争壁垒，暮年词赋足烟峦。
斜阳野店松风急，一局烂柯不忍看。

1926年

浮　桥

两道浮桥渡六军，伫看四面会风云。
黄河天堑难为险，白帽丝缠易解纷。
战血沙埋千古恨，村民夜哭几家闻。
扁舟廿四长虹锁，斜倚栏杆数水纹。

1929年

劋苜蓿

洮西难妇劋苜蓿，女伴三五谋果腹。

贫田荒芜富田馥，饥来驱我纷相逐。

苜蓿一斤钱百六，富民珍惜同麦菽。

阻止不能施鞭扑，夺镵踏笼相报速。

难妇奔窜号且哭，就中年妻僵且伏。

老拳毒手任怒蹴，血印片片晕骨肉。

伤重难望元气复，死生不知在沟渎。

贫民护食谁怨渎，最恨田主粮满屋。

古人仁恩及草木，今人吝色见饘粥。

众贫独富九年蓄，为富不仁懒积福。

我闻发指削尺牍，力请县官惩豪族。

要令饥民得养育，毋使贪人屯溪谷。

饥溺萦怀阅信宿，赋诗未半泪盈掬。

将来持归告司牧，料知鼻酸不忍读。

1929年

冬日感事

油盐柴米困吾曹，陡逼年关物价高。

邓禹笑人常寂寂，宣尼忧世慨滔滔。

耀眸烈日红于火，骜面尖风快似刀。

莫向故乡问消息，拼将浊酒醉葡萄。

1929年

方维夏

方维夏（1879—1935），湖南平江人。1926年任北伐军某部党代表。参加过南昌起义，后到莫斯科中山大学学习。1931年归国，历任湘赣省民主政府教育部长、裁判部长。后在桂东一带坚持游击战争，被叛徒出卖惨遭杀害。

和孔昭绥校长

何时拥杖祝融峰，同叩秋风晚寺钟。
料得芷兰生意满，名山定有五云封。

息影南楼瞥八年，相惊华发意悠然。
昔时礼殿钟犹在，秋室声高满暮天。

仇 鳌

仇鳌（1879—1970），字奕山，湖南湘阴人。毕业于日本法政学校，历任国民党湖南支部长、国民政府文官处参事。其诗学杜甫、陆游，格局宏阔，笔意深透。

登云龙山

众鸟飞鸣正曙天，云龙山半起朝烟。

崎岖乱石窥行路，徒倚残丛访故砖。

1928年北伐军入徐州

秋兴四首，时避寇天湾 选二

（一）

荏苒风尘似楚囚，乱山深处赋登楼。

杜陵野老伤时泪，王粲英年去国忧。

大野云深惊落雁，荒江水急散浮鸥。

欲从黄菊寻清绝，零落残红未忍收。

（二）

天昏月黑影瞳胧，伏枕蕾腾百虑丛。
衾薄自伤寒夜雨，衣单人泣瘴江风。
虫吟屋壁凄清里，梦绕山河破碎中。
宵柝一声惊坐起，秋高健鹘已摩空。

刘季平

刘季平（1879—1938），别署江南刘三，上海华泾人。曾任陆军小学教官，后任持志大学教授。仗义任侠，曾将烈士邹容遗骸葬于华泾，人称义士刘三。著有《黄叶楼遗稿》。其诗于清新雅健的风格中见幽妍。

初到杭州

一枝斑管一灵箫，幽怨何曾尽六朝。
别以河山增胆量，盛年来看浙江潮。

记 得

江南三月乱莺飞，剪取吴淞我又归。
买得龙华双艇子，桃花如雪扑春衣。

陈独秀

陈独秀（1879—1942），字仲甫，安徽怀宁（今安庆）人。早年东渡日本，入东京高等师范速成科，归国后在安徽芜湖创办《安徽俗话报》。1915年在上海创办《青年杂志》，旋改名《新青年》，鼓吹新文化。1916年应蔡元培之邀，任北京大学教授兼文科学长，与李大钊创办《每周评论》。1921年成立中国共产党，当选为中共中央总书记。1932年被国民党政府逮捕，出狱后居江津。有《陈独秀诗存》。

金粉泪五十六首 选九

（一）

放弃燕云战马豪，胡儿醉梦倚天骄。
此身犹未成衰骨，梦里寒霜夜渡辽。

（二）

民智民权是祸胎，防微只有倒车开。
赢家万世为皇帝，全仗愚民二字来。

（三）

飞机轰炸名城堕，将士欢呼百姓愁。

虏马临江却沉寂，天朝不战示怀柔。

（四）

长城以外非吾土，万里黄河惨淡流。

还有长江天堑在，贵人高枕永无忧。

（五）

贪夫济济盈朝右，英俊雕残国脉衰。

孕妇婴儿甘并命，血腥吹满雨花台。

（六）

皇皇大典栖抡才，官运高低靠后台。

封锁未成民已苦，七分政治费疑猜。

（七）

苛捐榨尽民间血，百业凋残袖手看。

商贾不知遗教美，但愁歇业忍饥寒。

（八）

健儿委弃在疆场，万姓流离半死伤。

未战先逃恬不耻，回銮盛典大铺张。

（九）

自来亡国多妖孽，一世兴衰过眼明。

幸有艰难能炼骨，依然白发老书生。

1934年系身南京老虎桥狱中

和斠玄兄赠诗原韵

暮色薄大地，憔悴苦斯民。

豺狼骋郊邑，兼之惩羹频。

悠悠道路上，白发污红尘。

沧溟何辽阔，龙性岂易驯。

自注：斠玄：陈中凡。

1937年8月

春日忆广州绝句

江南目尽飞鸿尽，隐约罗浮海外山。
曾记盈盈春水阔，好花开满荔枝湾。

1943年3月

病中口占

日白云黄欲暮天，更无多剩此残年。
病如垣雪销难尽，愁似池冰结愈坚。
斩爱力穷翻入梦，炼诗心豁猛通禅。
邻家藏有中山酿，乞取深卮疗不眠。

寒夜醉成

孤桑好勇独撑风，乱叶狂颠舞太空。
寒幸万家蚕缩茧，暖偷一室雀趋丛。
纵横谈以忘形健，衰飒心因得句雄。
自得酒兵麾百战，醉乡老子是元戎。

胡汉民

胡汉民（1879—1936），字展堂，广东番禺人。留学日本法政大学毕业，参加同盟会，任书记部书记，《民报》编辑。辛亥革命时推为广东都督。孙中山先生北上时，代理大元帅。历任国民党中央政治会议主席、立法院院长。著有《不匮室诗钞》。其诗渊微俊雅，苍凉沉警，五七古追踪韩愈，精悍沉挚；七绝学王安石，用意精深。冒广生叙其集云："以雄直之气，发为阳刚，若甲胄之在身，凛然有不可犯之色；若虎豹居深山中，谈者色变。"

哭执信

岂徒风谊兼师友，屡共艰虞识性情。
关塞归魂秋黯淡，河梁携手语分明。
盗犹憎主谁之过，人尽思君死太轻。
哀语追摹终不是，铸金宁得似平生。

1920年

和协之读《剑南集》

中原抵死望王师，六十年间万首诗。
浊酒未消千日懑，锦城曾寄一官痴。
江山重复经行处，烟雨苍茫独立时。
豪气悲歌谁最似？当年都以谪仙期。

读韩二十首 选二

（一）

巨刃摩天境界殊，有时遣兴亦纡徐。
秋怀句已凌陶谢，未必风诗集里无。

（二）

孟郊吐句动惊俗，无本为文胆及身。
吞纳万流各殊状，嗟公原不薄今人。

1931年

谭延闿

谭延闿（1879—1930），字组庵，别号慈畏，湖南茶陵人。清末翰林院编修。民国初年为湖南都督，北伐时代理国民党中央党部主席，后任行政院长。初受王闿运影响，学汉魏诗，但后来出唐入宋，抒写襟抱，出于自然，而蕴意深微。著有《慈畏室诗草》，陈三立题辞云："蕴义深微，抒情绵邈，其有意无意间，虽若乱头粗服，而老味溢出，风轨不坠。七律或近元裕之，殆亦声趣暗合耳。"

秋 醒

梦醒灯残风入帏，凉秋曙色渐熹微。
沉思死趣应如睡，苦忆生平转益悲。
邻语有时来客枕，晨光何意上人衣。
明知真感销难尽，也拟馀生学息机。

尘涴妆台蛛挂帏，高楼此际曙光微。
分无明镜涵双影，犹有疏钟送一悲。
将毋可怜成隔世，遗儿谁复制征衣。
年来潦倒成何事，惭愧当时罢织机。

庐山杂诗

居在絮中行釜上，匡庐面目有无间。
云蒸雾合黄龙寺，谁见洪荒裸体山。

山南积气云成海，山北凝寒雪作冰。
只此便能殊气候，问谁人上最高层。

自题画虎

浅草寒原事已非，长时蜷伏亦何为？
竦身起作腾拿势，知有惊麋去若飞。

何香凝

何香凝（1879—1972），女，广东南海人，生于香港。1897年与廖仲恺结婚，1902年赴日本留学，加入同盟会。辛亥革命后往广州，1924年当选为国民党中央妇女部部长。四一二政变后，辞职进行反蒋活动。1929年前往英、法，1931年回国，当选为国民党第四届中央执行委员，后从事抗日民主运动。1948年在香港与李济深组织国民党革命委员会。

悼仲恺

转辗兰床独抱衾，起来重读柏舟吟。
月明霜冷人何处，影薄灯残夜自深。
入梦相逢知不易，返魂无术恨难禁。
哀思惟奋酬君愿，报国何时尽此心。

1925年8月

题 画

皎洁无尘石作家，枝清叶净弃繁华。
前生错种朱门下，却被人称富贵花。

1930年

题《梅花》

俗虑尘心且尽赊，丹青为伴写烟霞。
沽酒莫愁阿堵物，石头城下卖梅花。

1932年

咏 梅

一树梅花伴水仙，北风强烈态依然。
冰欺雪压心犹壮，战胜寒冬骨更坚。

陈曾寿

陈曾寿（1879—1949）字仁先，湖北蕲水人。清末历官广东道监察御史。清亡后，寓居杭州西湖。著有《苍虬阁诗集》。早年学汉魏古诗与李商隐诗，后学韩愈、王安石、黄庭坚、陈与义。陈三立手批其《苍虬夜课诗》云："沉哀入骨，而出以深微澹远，遂成孤诣。"汪辟疆《光宣诗坛点将录》中评论说："秉忠悃之怀，写以深语，深醇悱恻，辄移人情，沧趣（陈宝琛）、散原外，惟君鼎足焉。"

登天目山望云海

山僧茶饭家常事，过客惊人句欲携。
出壁虬枝兼石大，裹身龙气压天低。
泉飞寒洒秋衣湿，钟落初分咫尺迷。
离合神光时一见，群真端冕半身齐。

1921年

观瀑亭

百丈飞泉挂一亭，岩栏危坐俯青冥。
松身独表诸天白，石气寒嘘太古青。
涧草无心来鸟啄，梵潮如梦起龙腥。
玄坛真宰愁何事，汹涌炉香会百灵。

湖斋坐雨

隐几青山时有无，卷帘终日对跳珠。
瀑声穿户到深枕，雨气逼花香半湖。
剥啄惟应书远至，宫商不断鸟相呼。
欲传归客沉冥意，写寄堂前水墨图。

题冯君木《逃空图》

一笑人间万劫忙，虚空能住更无乡。
神焦鬼烂无逃处，虎倒龙颠亦道场。
观世未妨千睥睨，安心不断百思量。
画师能会忘言意，足底山河入混茫。

黄州江干旅夜

崩岸村移感旧经，荒江独晚酒微醒。
万端空后观忧患，结念孤时赘影形。
霜气穿茅灯飐飐，角声挟浪月冥冥。
天亲回首馀抔土，陌路逢人泪自零。

1828年

沈 砺

沈砺（1879—1946），字勉后，号道非，上海松江人。早期南社社员，1927年任南京财政局局长，后任国民政府文官处参事。其诗清畅隽洁。抗战时期，与但焘常相唱和。

野中口占

鸦阵冲寒野色凄，寻梅踯躅小桥西。
联翩帆影纷前渡，隐约钟声到隔溪。
蔓草枯凋铺地迥，冻云重叠压天低。
此间清旷心为豁，缓步无愁歧路迷。

风雨大作倚枕口占

疮痍汉上成陈迹，拜手扬言又一时。
风雨客中心郁勃，江山枕上梦迷离。
十年辜负澄清志，一剑飘零老大悲。
倘得重施龙虎路，黄龙直抵未为奇。

侦察机

叶叶身轻入杳冥，盘旋云鏄作蜻蜓。
蜂房蚁穴参差列，明镜光中莫遁形。

林志钧

　　林志钧（1879—1960），字宰平，号北云，福建闽县人。毕业于日本早稻田大学。民国初年任外交部佥事，袁世凯称帝，他辞职而去，清介直节，为世人所称。后在北京法政专门学校任教务长，并任教清华大学。作诗讲究用意布局。拜陈衍为师。著有《北云集》。

七月十二日书事

炮声遽动事莫测，潢池弄兵成自焚。
宿卫何人留镇骑，中书几日坐将军。
六州铸铁情终悔，九局观棋势已分。
灞上棘门儿戏耳，宅家成败不须闻。

七月十四日月下独坐怀何梅生

老去一身轻，疏钟远寺声。
初凉亲独夜，微抱惜新晴。
花意闻蛩静，云痕得月明。
此时君未睡，通梦有深更。

1929年

感　事

黎羹豆粥费经营，不惜萧条送此生。

屋角编书黄卷在，梦中杀贼宝刀横。

温山软水伤心地，擘海回天宰世情。

积闷翻身期作健，抗尘皓首竟何成？

1944年

周 达

　　周达（1879—1940），字梅泉，一字美叔，安徽至德人。少好六书，研甲骨文，后专攻数学。侨居上海，与海藏楼相望，时相交游。有《今觉庵诗》。少学西昆体、吴梅村，后遵陈散原、郑海藏之教，改宗北宋，学梅尧臣、王安石、韩昌黎诗，有峻雄之骨力，兼绵邈之情采。

吴淞炮台湾望海

东尽水云连岛国，西来楼舰郁江声。
寒潮兀自无人管，却道能当十万兵。

冒雨泛舟山塘遂登虎丘憩冷香阁

霜橘匀丹柳糁黄，做将秋色掩金阊。
雨寒重幕垂官阁，水曲孤帆出女墙。
永忆回灯听吴语，竟成留眼阅沧桑。
寻常便有伤高意，减尽风怀未减狂。

月下自西园入里湖

林树楼台淡无缝，雾月溶溶压波重。
空明一舸泝流光，我与湖山都入梦。

罨雷亭晚坐

老树抽阴覆四围，虚亭倚眺豁烟霏。
岩泉啮石声原细，林雨沾衣湿亦微。
面壁佛应经劫老，刺天峰欲拔群飞。
楼钟打破尘劳梦，未著袈裟已息机。

乱后重登江亭同铸秋、小坡作

劫后谁寻浩浩愁，残阳惜我不多留。
坏墙山涌沧溟色，败苇风掀麦浪秋。
寂寞一龛同茗话，销沉百辈阅词流。
人间回首成忧患，翻羡枯僧早白头。

甲子中秋夜雨时淞沪方被兵

流云点染夜凄清，雨脚难逃露脚明。
渺渺怀人谁与共？梦梦视尔若为情。
楼头长笛横吹曲，诗里秋笳属贱贫。
极目荒原寒吹里，万鸦如叶叶如尘。

1924年

秋 感

百中争如疾下鞲，相惊夜壑失藏舟。

遁荒终王庚申裔，堕甑难全小子侯。

天使顽民兴雒邑，史存变例在房州。

最怜影静心苏后，又听边风画角愁。

高燮

高燮（1879—1966），号吹万，高旭之堂侄，江苏金山（今属上海）人。南社耆宿，志趣淡宕。1918年柳亚子辞南社社长，众人推他为盟主，坚辞不受。著有《吹万楼诗》。格律稳切而疏爽，不求涩拗。有唐诗之雄放而又兼宋诗之峭健，无尘滓气、蔬笋气。柳翼谋评《吹万楼诗》云："导源葩经，淹有唐宋之长，不屑于刻画字句，故有游行自在、弹丸脱手之妙，真合白（居易）陆（游）为一手，岂寻常雕肝镂骨辈所能望其肩背耶？"

焦山六首 选一

独砥中流柱，群峰不敢骄。
潮来天远大，壁立石嶕峣。
得句江山助，浮窗日月摇。
仙人在何许，容我一相招。

1919年

宿文殊院夜起看月

巍峨壁立俯鸿濛，绝磴良宵此一逢。
松老倒垂天作地，峰高寒逼夏成冬。
清光已觉近霄汉，虚响真疑骤雨风。
冷月渐看沉万壑，冥冥似报下方钟。

1921年

冒雪观梅于苏城图书馆之可园，次松岑韵，即呈曹复庵馆长

入门陡觉寒森严，天花乱落飘粉奁。
温然一老拥载籍，相对忘却风力尖。
危亭步上浩歌作，忽讶咳唾如胶粘。
我今已换姗姗骨，身虽僵冻心敢嫌。
欲拾梅蕊供咀嚼，下视冰滑防危砭。
春光遏住冷不发，芸香花气皆为潜。
好骑玉龙叩玉府，异书翻遍三万签。
安得长留不更去，朗吟闭户明月时窥檐。

拟结寒隐社作诗述意

芳草斜阳剧可哀，全荒兰蕙长蒿莱。
经秋文字丝丝泪，入世心肝寸寸灰。
只觉愁多窥古镜，不妨情重伺妆台。
商量欲辟东篱地，更觅黄花烂漫栽。

津浦归途作

车声辗梦带奔雷，入眼黄河总可哀。
空架长桥临滴水，应怜瘠土少真才。
迁移地脉吾能信，规划原流志未灰。
叹息无人知此意，民生劳苦向谁裁。

雨后坐月

凉飙消积雨，淡月入深秋。

夜静光如怯，云横影欲流。

灭灯贪坐久，临水觉情幽。

却羡南飞鹊，天寒不肯留。

吴宗慈

吴宗慈（1879—1951），字霭林，南丰人。宣统二年（1910）优贡，历任《江西民报》主笔，省参议员，广东军政府交通部秘书。1933年编修《庐山志》成功，后执教中山大学，继任江西通志馆长。有《劫余诗存》油印本。其诗清逸，而风力丹彩俱备，自具灵蕴幽心。

蓝田至渌口舟行道中

落日孤舟晚，峰岚剩一痕。
柳喧人唤渡，溪唱牧归村。
岸窄渔分火，篷推月入门。
万缘付岑寂，暂得谢尘根。

飞寇扰市迁回石牌本校偶成数绝 选二

（一）

城市萧条噪暮鸦，茶山南望挂残霞。
夕阳也带兵戈气，血染秋林处处花。

（二）

漠漠寒林孤月高，珠江两岸走惊涛。
忽闻飞寇宵行疾，警笛声中犬不嗥。

夜闻秋风

渐觉轻寒扑短衾，余生常有济时心。
燕归巢已成危幕，鸟倦飞难觅旧林。
万姓流亡为祸酷，三年烽火此仇深。
神州洒遍新亭泪，百二关河半陆沉。

行严自渝寄诗见怀依韵答之

穷愁却恨未工诗，北地南天辙迹疲。
杜牧忧时言有罪，陆游遭乱句能奇。
巴猿泪咽空山血，楚客悲吟大泽辞。
偶忆沧桑付微笑，且欣载酒有鸱夷。

杂感寄怀刘禺生行都 选四

（一）

河北传烽燧，江南羽檄催。
鼓声虽未死，雁唳有馀哀。
妻子成飘絮，山流半劫灰。
临风劳怅望，何日故人来。

（二）

呜咽珠江暮，天涯叹此行。

河山成异域，兵火脱馀生。

漓水愁千叠，西江梦一檠。

艰难能报国，敢惜赋长征。

（三）

两载无消息，匡庐面目非。

藏书同一炬，故燕幸双飞。

白发悲明镜，缁尘染却衣。

没蕃念亲故，不见寄书归。

（四）

四省新驰道，从今缩旅程。

人工能凿空，天意待平成。

滇筑飙轮逝，湘资归梦萦。

知交相劳苦，仍是异乡声。

李根源

　　李根源（1879—1964），字印泉，云南腾冲人。曾任云南陆军讲武堂总办，云南光复，任革命军副司令，与蔡锷、唐继尧参加讨袁战争，后任北洋政府农商总长、国务总理。后隐居苏州，与章太炎、金松岑等谈诗论文。有《曲石诗文录》。诗风浑朴中寓有妙趣。

岱岳十首 选二

（一）

泰山天下表，八荒一目了。
气象自严严，众山敢不小。

（二）

混沌天鸡唱，脱仙（崖名）待日观。
炫晃金光里，殷红一线寒。

1932年

李元鼎

　　李元鼎（1879—1944），字芝逸，号漫西曼士，陕西蒲城人。光绪三十一年（1905）毕业于日本早稻田大学文科。宣统元年归任陕西咨议局秘书长，参加秦陇复汉军，任都督府秘书长。后任教育司司长。1914年，任陕西靖国军秘书长，后在西安教书谋生。1928年受聘为国民党中央党部编纂委员会编纂，后任监察院委员及审计部部长。抗战爆发后，先后被选为国民参政会第一、二、三届参政员。1942年陕西省临时参议会成立，出任议长。

遣　兴

　　昔去庭花艳倚檐，今归两麦秀薪薪。
　　参差几案堆图史，琐细床头话米盐。
　　漫引壶觞终日酌，不妨吏隐一身兼。
　　隔河巨寇犹增援，天意应教聚族歼。

1938年夏

朔 风

朔风肆寒威，行路涩如棘。

之子远行役，百感横我臆。

三年共乡居，论时辄太息。

平生一穷达，爱在民与国。

世局日岌岌，强邻恣逼迫。

义士重执殳，所惭老无力。

行行救千里，时虞道途塞。

意欲偕予往，脱落伤羽翼。

卅年文字吏，失子又谁得？

垂老感离别，时危意更恻。

1938年

风夕不寐

厉风吹日夜，移榻卧当轩。

蝎走频生警，蚊来但益烦。

门扉掩不定，木叶竞相喧。

推枕重燃烛，陈编信手翻。

1938年作于蒲城

早秋感怀

雨足川原禾黍滋，鸣蝉喋唱早秋时。

乡居风味瓜还枣，老去生涯酒并诗。

蒿目万方正多难，抚躬前席更何辞？

巴山渝水苍茫里，行役于今计有期。

1938年秋作于西安

陪右任院长过江送诸委员之贵阳回登南山最高顶，谒老君洞，同游者李秘书伯纯

送远临南浦，因之揽胜游。

群山分合沓，二水浩同流。

桂树崖间老，松花涧底稠。

烹鲜有妙喻，何以靖神州？

1939年

李鸿祥

李鸿祥（1879—1963），字仪廷，云南玉溪人。辛亥革命时曾发动云南重九起义。后任云南民政长，反对袁世凯称帝，任北伐军第一军军长。袁死后，他先后居北京、上海。1939年回云南，选为省临时参议长，后归玉溪。著有《杯湖吟草》。其诗情性真挚，笔力奇横。

戊子重建玉溪桥落成有作

试问经营几刹那，人来人往似莺梭。
蛟翻玉泉虹腰来，马踏石梁鳌背驮。
莫使相如枉题柱，却教织女早过河。
扬镳俯仰乾坤小，四面云山拥翠螺。

1948年

玉溪九龙池道中遇雨

杖策闲行蓬鬓松，西山吐墨阵云浓。
紫凝蓼岸烟深锁，洪涨蕉溪碓急春。
柳絮随风腰袅袅，桃花带雨泪重重。
农村纺织机声紧，坐听龙池万壑松。

1943年

七月围攻密支那

密城传道正围攻，苦战月馀流血红。

寸地尺天争作主，阳神阴鬼怒为风。

可知困兽持难久，终信黔驴技已穷。

只待扫庭犁穴日，万邦相庆告成功。

1943年

十月收复腾冲、龙陵

凭藉社城狐鼠藏，艰难破敌信知方。

神鹰威显凤山震，鼍鼓声喧龙岭长。

怒水滔滔来北极，盈江滚滚下南洋。

狼烟鸡塞何时静，苜蓿秋深战马强。

陈蝶仙

陈蝶仙（1879—1940），名栩，别号天虚我生。浙江杭州人。曾任上海《申报》"自由谈"编辑，后从事工商业以终老。著《栩园诗剩》，其诗轻灵柔婉，然清而不弱，婉而不迫，人以为有袁随园之妙才、白香山之风格。

吴门灯舫

披波香送媚梨风，软绣红帘作短篷。
背倚镜屏人似玉，柔魂销尽橹声中。

乡　村

乡村随处见渔庄，绿树阴连白垩墙。
向晚桔槔声歇后，一灯红出蓼花塘。

初九晓发即景

十里江村鸡乱啼，橹声摇梦出桥西。
篷窗短烛三条尽，故国云山一望低。
远树几株比人矮，孤帆八尺与天齐。
此行幸有消愁法，且把江山作品题。

焦　山

焦山（1879—1942），字石仙，安徽怀宁人。早年毕业于北京测绘学堂，曾先后任安徽测量局长，安徽土地局技正兼测量总队队长。著有《梅峰山房诗存》。

皇后滩

急滩过不尽，一日几回惊。
纤向悬岩系，舟从陆地行。
浪飞和雪舞，石激作雷鸣。
安得重疏凿，神功指顾成。

1919年

辛酉九月去黔

游遍蛮荒地，遗黎最可伤。
鸠形饥欲死，鸩毒饮如狂。
民尚云霓望，官争鼎指尝。
啜糟殊未惯，宁愿善刀藏。

1921年

焚 图

余收藏中外地图二百馀种，皖城沦陷，惧为敌用，一夜悉数焚毁，赋此以志余痛。

匹夫怀璧发长吁，资敌时忧罪可诛。
城郭难归辽海鹤，膏腴仍觊督亢图。
为山聚米巧成拙，惜齿焚身智亦愚。
论语烧薪关劫运，寒灰欲话泪先枯。

1938年

蔡哲夫

蔡哲夫（1879—1941），名守，字成城，自署寒琼，晚号寒翁，广东顺德人。南社社员，曾主编《天荒杂志》《国粹》，参与成立国学商兑会。著有《寒琼遗稿》。

薄暮与内子倾城并骑入盘门

轻裘细马东风软，薄暮盘门并辔来。
波影绿将千堞绕，灯痕红点万窗开。
前山渔唱愁苏子，深巷琵琶妒善才。
信是当垆人袅娜，与卿一酌暖寒林。

题黄叶楼图寄刘三

江南一别剧难忘，容易西风叶渐黄。
纵抱孤花慰幽况，却缘落木惜馀芳。
空山独往诗犹健，秋士沉吟意已苍。
念汝楼居萧瑟甚，寒林戢影绝骄阳。

李叔同

李叔同（1880—1942），浙江平湖人，生于天津。早期话剧活动家，艺术教育家。1905年至1919年在日本东京学西洋绘画与音乐。与友人共创春柳剧社，参加《茶花女》、《黑奴吁天录》等演出。归国后，在浙江两级师范、南京高等师范等校任美术、音乐教员。1918年在杭州虎跑寺出家，1942年在泉州圆寂。

偈

亭亭菊一枝，高标矗劲节。
云何色殷红？殉教应流血。

抗战期间作

周应澧

周应澧（生卒年不详），甘肃永登县人。清末任过秦安县训导，后任兰州中山大学教授，第五中学国文教员。著有《棣园诗集》，诗得西北山川险峭雄奇之美。

定西怀古

旧迹安通县址留，当年原号定西州。
四山合匝围城峙，二水回环抱郭流。
市井荒凉莽榛棘，衣冠零落郁松楸。
我今再遇登临恨，不见元明古寺楼。

1934年

九日登金山寺

携酒金山落帽游，芒鞋踏破战场秋。
九龙风雨冲关塞，万马波涛撼寺楼。
挥剑削平中外愤，倾杯涤尽古今愁。
年来更尽登高兴，长啸昆仑顶上头。

1934年9月

庞树楷

庞树楷（生卒年不详），又名庞树阶，字拂云，江苏常熟人。生计草草，家人死亡殆尽，迁居吴中，仍吟咏不辍，与杨无恙时有交往。著有《束柴病叟诗》及《漫稿》。其诗初学西昆体，后学孟郊、陈与义，诗多随兴而作，在缛丽中渗入了清奇瘦硬的意味。

公园东斋茗坐

积惨难排废此生，问天无语看孤晴。
坐忘浑欲过千劫，晤对争如拥百城。
剩有心情茶后梦，了知世事酒间兵。
思归散策江乡路，平楚苍然率意行。

示同人

我诗如浅邦，劣可语竞病。

譬诸小池荷，弄姿摇其柄。

我友有长房，万言当遣兴。

尘劳不费吟，避俗来取静。

坐中多诗豪，眼藏君得正。

示我明月篇，宝此千金赠。

我如胜莲花，不敢持作镜。

颠倒分茶时，自在望风定。

君诗如此花，亭亭妆独盛。

我如已败残，馥郁仅其剩。

此间亦胜境，未输葆真咏。

惜非莫愁宽，相与一泛艇。

马君武

马君武（1880—1940），广西桂林人。早年赴德国入柏林大学，攻读冶金专业。民国初年任南京临时政府实业部长，1922年任广西省省长，后在梧州创办广西大学。曾加入南社。著有《马君武诗集》。主张写诗要自出胸臆，有新意、新精神："须从旧锦翻新样，勿以今魂托古胎。"（《寄南社同人》）其诗重在议论有气势，但发挥太露，少浑涵之力，故失之粗豪浅率。

哀沈阳

赵四风流朱五狂，翩翩蝴蝶最当行。
温柔乡是英雄冢，那管东师入沈阳。

1931年

抗战纪事

芦沟桥外寇氛深，又报倭寇逼宛平。

主将未停麻雀战，敌方已动铁骑兵。

六千子弟齐殉国，廿四钟时已弃城。

赏罚分明军令在，斯人何不处严刑。

固守经年漫自夸，忽然一夕弃京华。

五朝文物移新主，百万人民失旧家。

事敌汉奸春后笋，储才学校雨余花。

门头沟外奇兵起，种豆于今反得瓜。

如斯诸葛方为亮，十万雄兵受指挥。

力战屡穷罗店寇，屡攻又解宝山围。

遂令学就万人敌，徒使缝成千女徽。

松井石根真竖子，难民车上示皇威。

卅一纪事

潜身辞汉阙，矢志嫁东胡。

脉脉争新宠，申申詈胡夫。

赏钱妃子笑，赐浴侍儿扶。

齐楚承恩泽，今人总不如。

1942年

刘大白

刘大白（1880—1932），名靖裔，别号白屋，浙江绍兴人。年轻时曾东渡日本，入同盟会。先后在浙江第一师范、上海复旦大学任教。新文学运动时，以创作白话诗《卖布谣》而著名。1929年任教育部常务次长，未久辞职。著有《旧诗新话》《白屋遗诗》。旧体诗不多，但有精品，王世裕序其诗集评为"温丽隽爽"。

风　云

云心每妒天无垢，风力常教水不平。
着眼是非功罪外，英雄毕竟误苍生。

1920年

十年一月六日遇十年前旧友余不孤，强余赋此

十年沦落各天涯，烂醉狂吟更一回。
宦海抽身输我早，穷途笑口为君开。
照人肝胆无今昔，入梦心魂互往来。
即此重逢携手处，也应值得共低徊。

对酒当歌忆旧踪，浅斟低唱慰相逢。

中年丝竹兼哀乐，昨夜星辰半吉凶。

避俗不辞穷落魄，偷闲且让病从容。

知君也自无佳况，诉罢飘零涕泗重。

1921年

夜 坐

六合沉沉死气多，银河终古寂无波。

生平不下寻常泪，独哭星辰在网罗。

心 花

多谢春皇宠有加，裁将桃李比云霞。

冬心一寸坚于铁，也被东风剪作花。

钟毓龙

钟毓龙（1880—1970）字郁云，浙江杭州人。清末举人，曾先后任宗文中学校长、浙江省通志馆副总编纂。其诗善将主观意蕴借物象而曲达。

避寇雁荡感怀和孙宾甫原韵

絮飞花落又春阑，锦绣河山半破残。
燕啄早知阶厉乱，蛙鸣浑不辨私官。
局成孤注赢何易，火燎中原扑已难。
多少乡心萦旅梦，捷书日夜盼三单。

柳诒徵

柳诒徵（1880—1956），字翼谋，号劬堂，江苏丹徒人。清末优贡生，曾师事缪艺风。历任两江师范学校、东南大学、北京女子大学、北京高师、中央大学教授，江苏省立图书馆馆长，国史馆纂修，1948年选为中央研究院院士。所著《中国文化史》，开专史撰写风气之先。门生弟子，多能卓然自立，一时号称柳门。

壬午元宵赋寄伯康兼怀王伯沆、赵蜀琴、吴眉孙诸叟

周处台边老伏生，年年槁卧石头城。
沪滨豺虎吞泉府，蜀道鳞鸿阻驿程。
涸辙伊谁都湿沫，瘦羊怜尔致精诚。
龙蛇倘解贤人厄，为我殷勤更寄声。

1942年2月

花　溪

一涉花溪万虑清，流人顿似返承平。
玉渊寒泻庐峰雪，金谷晴飘洛水霙。
黔匜石华珍铝质，频呼茅酒涌诗情。
梅边乞我残年幸，雠校权参子墨卿。

柏溪杂诗

巴渝地燠际冬暄，烟霭微茫众绿妍。
大似江南春二月，何期剑外客三年。
九州高枕嗟无日，万物为铜殆有天。
安得长绳悬斗极，永持羲御不回旋。

霞坳

荷叶街头早稻肥，霞坳雨后翠成围。
频年客路飘零惯，但听乡音即当归。

庄　嵩

庄嵩（1880—1938），号太岳，台湾鹿港人。栎社骨干，曾与林献堂兄弟创立革新青年会，阐释孙中山三民主义学说，被日方查禁、严密监视，赍志以殁。著有《太岳诗草》，诗中常流露亡国之痛，笔力遒劲，稳炼处稍逊。

哭痴仙社兄

鲸海风波痛哭回，雄心历劫渐成灰。
已拚断雁罹矰缴，自合幽兰没草莱。
贞士姓名今栗里，酒人魂魄古琴台。
重泉漫寄悲秋语，费尽江南死后才。

黄竹坑

新鬼含冤故鬼愁，筊篮结队入山陬。
至今黄竹坑中笋，犹听村翁说断头！

台中竹枝词

下山采茶日欲沉，上山伐木云未深。
山歌一曲谁家女？半带漳音半粤音。

登税关望楼观海

眼底分明见海枯，沧桑何俟问麻姑。
冲西港口千帆尽，尚有沙鸥待榷无？

林资修

林资修（1880—1939），字南强，号幼春，台湾彰化人，曾任《台湾民报》社长，遭日人忌恨而被罢免。1924年，参与台湾议会，期成立同盟会，被日本当局逮捕。李渔叔在台湾近代诗人中，最推崇他，以为"众体兼赅，不仅近体奄有诸人之长，即五七言古诗亦自具格法。晚岁规模玉局（苏东坡），渐臻苍劲，一洗浮嚣"（见《鱼千里斋随笔》）。

三月十二日夜听雨不寐

元气淋漓夜气深，薄寒微袭五更衾。
愁云渐合疑天坠，积潦横流想陆沉。
斗室已无花雨梦，坳堂真有芥舟心。
平生滴沥穷帘泪，独和啾啾冻雀吟。

朱怙生

朱怙生（1880—1953），浙江萧山人。民国初年在杭州女子师范、第一中学教书。抗战时在重庆楚云中学任教。

咏梅百韵

清奇骨格本无双，螭卧蛟蟠倚短杠。
却把狡狯移别室，暗香冉冉入纱窗。

闻蔡公时死事感赋

向夕危栏醉一呼，国仇历历未模糊。
言哀忍计天难问，每饭宁忘困不苏。
三十无名真老大，一生负气习屠沽。
那将九域苍生泪，洒向空山吊蟪蛄。

1928年

贾景德

贾景德（1880—1960），字煜如，号韬园，山西沁水人。民国初年任山西政务厅长，1927年任国民革命军第三集团军秘书长，后任太原绥靖公署秘书长。抗战时任考试院铨叙部部长，后任副院长，1949年往台湾。著有《韬园诗集》。自序中主张"以雅辞写俗事，以韵语寄高怀"；"诗中须有我在，要切合身世，不容他人假借，况时代变迁，新事物层出不穷"。

南高峰看日出

忽涌无数青莲红，散遍人世穿林丛。
山前草树尽变色，树叶一霎纷青葱。
举头忽又炫金碧，神速满布遥天空。
光彩四射更奇妙，闪闪一样磨青铜。
须臾景色变幻化，更有艳黄为托丛。
斗黄飞尽见玫瑰，缟衣皪皪盘长虹。

旅顺感怀

黄金虎尾势如蹲，港口天然见海门。
故垒大书鏖战迹，丰碑谁吊敌人魂？
已多蕲上三年蓄，可有辽东半岛存。
一片韩陵山下石，空随潮汐送朝昏。

平泉杂诗

十孔桥栏铁铸齐，平畴漠漠水云低。
双流灌尽田千顷，又见灵泉似晋陵。
山头一塔号飞虹，郁律青光上界通。
阅尽兴亡千古事，铃声阵阵怨西风。

秦中杂诗

万里黄河水，原从积石来。
不图天堑在，能却虏师回。
将帅仍旄钺，兵戈遍草莱。
浩歌山月里，斫地有馀哀。

迢递三川路，崎岖蜀道难。
万牛疲挽送，千里此间关。
士苦饥肠转，林深不肯顽。
近闻征力役，开凿五丁山。

秋　感

惊心徐海战云酣，照乘珠光出济南。
首鼠两端名竟裂，很羊万死国何堪。
空言泰岱钟神秀，不见明湖蘸蔚蓝。
张鲁能存凭意善，岂容轻走汉中骖。

辛巳三月三日，关中联吟社第二集

东海扬尘暗禹迹，莽莽黄沙血凝碧。

一夫也荷帝天慈，放作长安媚春客。

昨日驰车过韦曲，太平离乱如相隔。

暮春三月天气新，春草春花焕阡陌。

川原一碧浩无际，青荧尽是陵陂麦。

万绿波中千树红，窈窕桃花艳谁摘？

终南山色郁嶒崒，变灭云烟俄顷惜。

关东猛将纷如雨，苦战征人甲未释。

1941年

峨眉游草

天风来飒飒，送我凌高寒。

旷怀览八表，天地何其宽。

贡嘎在西极，积雪千峰干。

东方如火熺，涌出黄金盘。

呼吸通帝座，星斗上可攀。

云海出其下，沆瀁无波澜。

1941年

秋 感

且把渝州作上京，不堪回首秭陵城。
中原地尽三千里，江介锋争百万兵。
客泪猿声巫峡路，乌啼花落蜀山行。
安危凭仗思严武，诸葛当年有大名。

宁协万

宁协万（1881—1946），字楚禅，号邦和，湖南长沙人。南京临时政府成立时，被任为驻葡萄牙公使。后辞职，先后在北平国立中国大学、私立朝阳大学、北平大学任教授。

渡英伦海峡

同梁携手赋离英，明月青山载别情。

采药东瀛思往事，乘槎西极问前程。

齐天志愿年华迈，大地河山愤慨生。

午夜舟中闻海浪，声声如作不平鸣。

　柏林旅次八载扶桑二载欧，壮心岂是为封侯。

宗邦文物嗟中落，异域京华据上游。

金璧山川先帝泽，庄严国土相公猷。

行人到此增惆怅，漫把银釭解客愁。

鲁　迅

　　鲁迅（1881—1936），原名周树人，浙江绍兴人。早年留学日本，入仙台医专。归国后在浙江两级师范学堂教书。民国初年应蔡元培之邀，往南京任教育部部员。随部北迁，改任佥事，兼北京大学、北师大、女师大讲师。1918年后发表《狂人日记》《阿Q正传》等小说。1926年8月先后到厦门大学、中山大学任教授，后辞教职往上海。1930年加入左翼作家联盟，病逝于上海。其诗渊源屈原、曹植、阮籍、李商隐，冷峻曲深，寓意深刻；别创杂文体，嬉笑怒骂，冷嘲热讽，诙谐幽默。钱仲联论其诗："少作亦时调，风华流美，后臻简雅，得其师太炎风格，亦有学长吉者，要皆自存面目。"（《近百年诗坛点将录》）

无　题

惯于长夜过春时，挈妇将雏鬓有丝。
梦里依稀慈母泪，城头变幻大王旗。
忍看朋辈成新鬼，怒向刀丛觅小诗。
吟罢低眉无写处，月光如水照缁衣。

1931年2月

无　题

大野多钩棘，长天列战云。

几家春袅袅，万籁静愔愔。

下土惟秦醉，中流辍越吟。

风波一浩荡，花树已萧森。

1931年3月

湘灵歌

昔闻湘水碧如染，今闻湘水胭脂痕。

湘灵妆成照湘水，皎如皓月窥彤云。

高丘寂寞竦中夜，芳荃零落无馀春。

鼓完瑶瑟人不闻，太平成象盈秋门。

1931年3月

无　题

血沃中原肥劲草，寒凝大地发春华。

英雄多故谋夫病，泪洒崇陵噪暮鸦。

1932年1月

自 嘲

运交华盖欲何求，未敢翻身已碰头。
破帽遮颜过闹市，漏船载酒泛中流。
横眉冷对千夫指，俯首甘为孺子牛。
躲进小楼成一统，管他冬夏与春秋。

1932年10月

所 闻

华灯照宴敞豪门，娇女严妆侍玉樽。
忽忆情亲焦土下，佯看罗袜掩啼痕。

1932年12月

无 题

万家墨面没蒿莱，敢有歌吟动地哀。
心事浩茫连广宇，于无声处听惊雷。

1934年5月

亥年残秋偶作

曾惊秋肃临天下，敢遣春温上笔端。

尘海苍茫沉百感，金风萧瑟走千官。

老归大泽菰蒲尽，梦坠空云齿发寒。

竦听荒鸡偏阒寂，起看星斗正阑干。

1935年12月

章士钊

　　章士钊（1881—1973），字行严，笔名孤桐、秋桐，湖南善化人。民国初年任上海《民立报》主笔。二次革命时，任讨袁军秘书长，失败后逃往日本，在东京创办《甲寅》杂志。1924年段祺瑞执政府时先后任司法总长、教育总长。去职后，在天津与王揖唐等唱酬切磋。后来复刊《甲寅》，发表《评新文化运动》，反对白话为文。三十年代，往东北大学任文学院院长。抗战时在重庆为国民参政会参政员。一生作诗四千余首，如《入秦草》《游泸草》等。

无　题

桃源无路号迷津，朝市而今尚姓秦。
未必大夫是崔子，纵云兄弟亦天亲。
蛞蝓有知徒丸转，螗蜋为名总盗因。
闭户种松馀不管，且凭风雨养龙鳞。

用九日韵和伯鹰

入海逃名不厌深，却忧尘外损秋心。
人高比似龙山峻，年少参成洛社吟。
灯影恋诗如旧识，隙风翻札得重寻。
与君交涉天排遣，更待伊谁撰意林。

紫薇花与伯鹰同作

何事山园动客惊？门前一树蓓绯红。
地居门下中书外，人与春风十里同。
说到蜀花知种贵，未防楚赋失名从。
却嫌簇缛偏无果，遮断河阳一掷空。

黄落相携上翠微，孰擎血泪染秋衣？
两行红粉同回首，千古丹心薄息机。
枫树巫山伤玉露，木棉珠海逗金晖。
行人到此都无奈，忍叹三生杜牧非！

吕志伊

吕志伊（1881—1940年），字天民，云南思茅人。清末留学日本时，创办《云南》杂志、《滇话报》。宣统二年（1910）返沪，任《民立报》主笔。云南光复后，出任都督府参议。1912年南京临时政府成立，任司法部次长。不久辞职，任同盟会上海机关部副部长、《民国新闻》总编辑。1924年任广东省最高法院院长。

雨后晚行

连朝阴雨满春城，万里羁人苦晚行。
山绕寒烟昏树影，滩撑危石咽江声。
萤飞草岸星疏落，犬吠花村月半明。
暂困泥途何所辱，为霖志在济苍生。

但 焘

但焘（1881—1970），字植之，湖北蒲圻人。任南京临时大总统府秘书，后任国会参议院秘书长，1937年任国民政府文官处秘书，1947年任国史馆副馆长。与汪东、沈尹默、刘禺生时相唱酬。著有《观物化斋诗集》。

论 诗

不历波涛穷变化，那能险阻出神奇。
规唐往已惭仙骨，步宋今宁有俊辞。

闻我空军荡平寇台北机场传捷书

飞将临戎出汉关，扫清寇垒始应还。
千钧劲弩穿云落，万丈流虹烛地殷。
直拟雷霆兼雨露，还同干羽格凶顽。
声威从此加三岛，闻说儿啼气亦孱。

高射炮

长空色动现奔鲸，塞上威扬草木兵。
气共云浮惊月窟，声随地震恼天京。
龙蛇失路赴汤网，蛟鳄含悲避汉旌。
破石穿杨安足喻，还留劲弩下千城。

欧阳武

　　欧阳武（1881—1976），号南雷，自言醉翁之后，江西吉水人。二十四岁东渡日本士官学校读书，归国后任江西陆军混成旅参军。辛亥光复，任江西护卫军司令。李烈钧湖口起义时，推其为江西都督。讨袁失败，蛰居北京，后为总统府顾问。工五言诗，得曹植，阮籍之神理。著有抄本《南雷诗草》。陈三立序其诗云："磊砢恢疏，直抒胸臆。厉气树骨，无复齐梁间藻缋侈靡之习，则其力追神契，固自有在。子建虽不可及，不得谓非进取之狂者也。"

感　怀

　　　　厌闻城市语，散步出远郊。
　　　　伫立观白云，白云系山腰。
　　　　岭上郁青松，江岸交翠篠。
　　　　鸟鸣识林疏，猿唉知崖遥。
　　　　长风送远帆，斜阳照归樵。
　　　　览物触胸臆，愿言寄吟谣。
　　　　国亡在眉睫，朝野犹喧嚣。
　　　　外侮无人御，内乱连昏朝。
　　　　债台高千仞，战垒满四郊。
　　　　官贪民益瘠，将庸兵愈骄。
　　　　吁嗟此孑遗，头烂额亦焦。
　　　　伤心一掬泪，洒向天津桥。

陶绪洵

陶绪洵（1881—1954），字直侯，江西新建人。民国初年
毕业于江西省农业学堂，先后任教于南昌一中、二中、鹅湖师
范、鄱阳师范、番阳中学。其人风神俊迈，诗亦宛切奇宕。

再和笑隐韵

空山寂历断人行，虚籁俄传万窍声。
天阔遥惊云态谲，楼深迟见月华明。
梅花官阁吟边兴，桃叶参军老去情。
忽忆昔贤诗句好，满川风雨看潮兴。

深夜雨霁沿湖岸归寓庐

新月溟濛照独行，市廛凄寂静无声。
沿湖雨过泥轮滑，隔岸风微电火明。
闲倚破车成薄醉，归寻短枕出深情。
来朝那复寻陈迹，惘惘心潮寂又生。

闻中日交涉事有感即呈匡予师

痛哭当涂遇合乖，野心同种化狼豺。

豪强西北空三辅，财赋东南匮两淮。

岂有齐桓忘莒邑，不妨汉武弃珠崖。

夜郎自是窥天小，蠢尔公孙井底蛙。

湖楼书感 三首

（一）

苍狗浮云幻大千，微生虮虱剧堪怜。

枕中将相原为梦，身外妻子悔结缘。

十口仳离无上策，百忧丛脞近中年。

湖边鸥鸟楼前柳，乱后相逢益惘然。

（二）

破浪乘风愿已孤，静看依样画葫芦。

更无奇士扪衣虱，岂有途人爱屋乌。

长揖将军多上客，旧游第宅串新符。

刘安鸡犬皆仙种，白日升天气象殊。

（三）

一局棋残应自悔，六州错铸果何心。

奋飞终折垂天翼，极乐争夸布地金。

不信东南民力尽，愁看西北阵云深。

会当披发荒山道，一醉狂歌万怪瘖。

郑云亭

郑云亭（1881—1968），名宗桂，山东胶州人。辛亥革命后弃学从商，后又归隐，笃信佛理。吟诗述文，著有《云亭稿》。

我山兰

闻说有高风，定然居巅者。
寻其不得见，空觉清芬惹。
日来上三回，踏死幽谷下。
何为其然也，机关已自深。
馨香如欲觅，端只在此心。
白云在高巅，幽兰在阴窟。
愿与云共栖，不与云同出。

感　遇

世事泛波舟，落落如漂梗。
似不如此间，幽意辟巷永。
返照入深林，残日拖长景。
东南开碧天，寒塘渡鸟影。
应知不可得，借以还相警。

村　暮

归路多幽趣，行行近小村。

绿藏山脚树，白见水头门。

妇作唤儿喊，鸡闻向晚喧。

方圆成一处，莫是武陵源？

田毕公

　　田毕公（1881—1960），字谷士，又字古序，福建闽县人。中学教员，何振岱高足。著有《四有堂诗集》，何振岱评其诗"清峭瘦挺，毫无尘土气"。工于炼字，著有苍健之格。

游雪峰，翌晨与山僧野老语，感赋

兵气压峰头，阴霾四望收。
殿空苍鼠窜，村迥乱鸦投。
野老私相慰，山僧愿小留。
悬知焚溺意，郁郁满神州。

庭中对月

林月度中庭，万影流虚碧。
稀微漾藻荇，分明摇竹柏。

履周归自金陵，见于道左，喜赋

道旁倾盖若平生，趣语重联最有情。
问我新诗添几首，只添白发两三茎。

春旱至三月下旬始大雨

几回倾耳绝檐声，三月过头雨乍成。
岩穴归云迟又久，沟渠流水涸还盈。
不愁门外将为潦，翻恐明朝尚是晴。
滴漏床床原事小，最关怀处是春耕。

叶恭绰

叶恭绰（1882—1968），字裕甫，号遐庵，广东番禺人。毕业于京师大学堂，民国初年历任财政部长、交通部长，后为中国书画院院长。著有《遐庵诗稿》，其诗沉着健拔。

不　堪

不堪焦土痛咸阳，迢递兵烽百感伤。
菊老似惭秋有节，葵枯谁与日争光。
心忧不远疑求复，大道无名傥断常。
布谷芟荆吾事了，未须人海说身藏。

三月十二日追悼

回肠远绕钟山道，蒿目愁看禹域图。
拼守残生归寂寞，却怜短梦未模糊。
心灰花落春空在，泪尽尘凝海欲枯。
独抱孤怀向青史，不须歧路泣杨朱。

李烈钧

李烈钧（1882—1946），字协和，江西武宁人。留学日本，陆军士官学校毕业。辛亥革命时，推为江西都督府总参谋长，继为安徽都督，改任江西都督。讨袁护法，首举义旗于湖口。孙中山开府广州，为大元帅府参谋总长。1927年为江西省政府主席，后为国民党中常委。卢沟桥事变后，移居昆明，后迁重庆，直至病故。其诗情真气茂。

修江舟中

春光迤逦满芳洲，道出宁江望永修。
天地有心恒覆载，湖山无恙任遨游。
风敲岸竹疑琴韵，晖映林花似锦裘。
更喜高人同击楫，悠然箕踞一扁舟。

1927年

过金陵舟中晚眺

日落星稀夜尚明，轻风淡荡送行旌。
归舟欲破江心月，宿鸟惊闻弦外声。
叹息故园多鹤唳，懒从沧海看龙争。
阋墙毕竟缘何事，孰挽银河洗甲兵？

1930年

与冯焕章登泰山

日出照千山，层峦霄汉间。
阴霾浑不碍，苍冥自启关。

1932年

湖口访杨咽冰同游石钟山五首 选二

（一）

频年未遂澄清志，此日犹为汗漫游。
同倚高楼一长啸，不堪洪水尚横流。

（二）

昔日何人敲此石，钟声直透九重天。
遐迩知音曾豹变，未应又作睡狮眠。

1932年

集庐山万松林分韵得韵字

匡山富岩壑，松岭有佳闻。

森森万木阴，潜虬睡深稳。

凉风发群籁，万涛振天韵。

开胸获清赏，浩气如龙奋。

吐纳流云雾，迅扫出苍冥。

众峰忽嵝谽，挺秀争雄骏。

相对各欢然，共尽杯中酳。

1933年

黄海舟中二绝

四望茫无际，狂涛滚滚来。

盲人操巨舰，犹自逞雄才。

天上星河没，海上波涛歇。

孤剑啸孤舟，采薇与采蕨。

1935年

张　继

张继（1882—1947），字溥泉，河北沧县人。早年留学日本，与章炳麟、邹容三人结为兄弟，相与唱和，宣扬革命。民国初年任参议院议长，以讨袁世凯离职南下广州，被任命为国民党宣传部长，为西山会议派重要人物。南京政府成立后，任司法院副院长，后任国民党党史编纂委员会主任、国史馆馆长。工诗，雍容和畅，开合有致。

辑园冬望二首

（一）

二月风光十月逢，巴山醉倒在初冬。
青青田畔滋蚕豆，隐隐竹林解蛰龙。
宾客不来天地静，诗怀长对图书浓。
阴晴屡把秋容改，闲数中梁第几峰。

（二）

向阴苍翠向阳红，变化全凭夕照功。
高下菜畦长浥露，蔽亏梅圃莫愁风。
捷书早到蜀先定，羽檄频传辽未通。
今日征帆天际远，他年应复忆蚕丛。

右任户前雪松茂长

蜀道归来整獬冠，长髯拂户比松看。
更教辛苦平多难，梅雨方塘几倚阑。

陵园小筑闻杜鹃

甲第钟山半作尘，阴阴小筑尚如新。
杜鹃啼罢西川后，何事东随展墓人？

张堃

张堃（882—？），字厚植，浙江富阳人。曾任商务印书馆编辑，后任中学及大学教师数十年。著有《萤光集》《蝉鸣集》等。

书 愤

愤战功成可自夸，嚣然歌鼓动京华。
燕南鲁北争衡地，多少灾黎已毁家。

1926年

上桐庐

寇锋已报入三吴，鹰鹭群飞昏九衢。
凭借渔舟翻一叶，中宵风雨上桐庐。

1937年

越王台被炸感赋

越王台殿越王宫，高峙龙山气象雄。

尝胆肯忘破国耻，式蛙终奏沼吴功。

频年禹甸腥云黑，一瞥灵光劫火红。

聚训犹留遗迹在，莫教胡马渡江来。

1939年

山民歌

母女同采荠，父子同采薪。

采薪终日不疗饥，采荠满筐聊饲人。

年来寇乱纸贱米如珠，家家仰屋起长吁。

开门况有惊心事，争食时来虎与貙。

昨日铜钂之器售已空，几案缸坛今又满路逢。

尤多肩负竹木换升斗，一路长驱成长龙。

纵得升斗亦易尽，老叹稚泣等哀鸿。

呜呼长林丰草景光异，苦雨酸风恻怆同。

君不见近日山家半似仙，晚风起时灶无烟。

1945年

彭 举

彭举（1882—1967），字芸孙，号百衲小巢生，四川崇庆人。1919年与李劼人等创办成都少年中国学会，历任教于成都大学、四川大学，并与唐迪生等创办敬业学院。博学宏通，工诗，清淡中有崛健之势。

挽严立三先生

高卧匡庐呼不起，飘然一笠蜀中来。
青山有意藏龙种，黄屋无人识豹胎。
彩翼肯教埋枳棘，奇文应许郁风雷。
灵均死后湘兰歇，长忆骊歌落酒杯。

1943年

登华严顶

由簇店五里上华严顶，昔时游山者登此顶为止，亦可观峨山全胜也。

言登九岭岗，喜到华严顶。
人从剑脊行，云扑衣袂冷。
磴窄足若垂，径危步累窘。
悚息万虑捐，专气两目眕。
恍如峡栈中，更历蓬壶境。
峰峦时隐见，回换尽灵景。
白云断前山，一壑出幽迥。
颇欲诛茅庵，即此息尘影。
歌凤有遗踪，何必问箕颍。

张宗祥

张宗祥（1882—1965），字阆声，号冷僧，浙江海宁人。历任京师图书馆、浙江图书馆长、西泠印社社长。著有《铁如意馆诗抄》《铁如意题画集》。

重 庆

城势连山起，江声夹市流。
楼台云外涌，灯火雾中浮。
人物他乡集，兵戈故国愁。
古来争战地，入蜀此咽喉。

冯玉祥

　　冯玉祥（1882—1949）字焕章，安徽巢县人。行伍出身，1917年任旅长时讨伐张勋复辟。1927年任国民革命军第二集团军总司令。1930年在北平组织国民政府，反蒋介石，兵败下野。1938年组织察哈尔民众抗日同盟军。抗战初任第三战区司令长官，不久辞职。其诗好用五古，或三字、四字、七字杂言体，自成一格。周恩来在《寿冯焕章先生六十大庆》祝词中说："丘八诗体为先生所倡，兴会所至，嬉笑怒骂，都成文章。"

平民吟

玉祥本是一平民，世间苦乐知最真。

自奉岂宜太娇养，凡人生活应平均。

一切衣食与行住，宁俭不奢誓终身。

抛开权利尽义务，诚心退后宏大度。

1932年

植树二首

（一）

老冯住徐州，大树绿油油。

谁砍我的树，我砍谁的头。

（二）

森林密层层，独自慢慢行。
红叶和绿叶，天然画图成。

朝起看日

朝起看日真正乐，红润如盘光闪烁。
懒人此时睡正浓，不见日出见日落。
吁嗟乎！举国尽将朝气提，国家何至见衰弱。

看　云

歌乐山上望朝云，嘉陵江头雾最深。
好似白棉堆千里，又像羊羔数万群。

1940年

程 潜

　　程潜（1882—1968），字颂云，湖南醴陵人。早年赴日本，入陆军军官学校，参加同盟会。讨袁之役中，任湖南护国军总司令。后任北伐军第六军军长，转战湘赣。抗战时任第一战区司令长官，后任长沙绥署主任兼湖南省主席。著有《养拙园诗集》。早年受王湘绮影响而沉潜于魏晋六朝诗，又喜好明代刘基之诗。以五古见长，蕴深而味永，似阮籍；风华而天秀，又与谢灵运相近。章士钊誉为"一代钟吕之声"。钱仲联在《近百年诗坛点将录》中以他与胡汉民相提并论，以为"国民党中一文一武，可为辉映者"。

驻军马坝，时奉命经略湘鄂

指途向鄂渚，假道经湘川。

疾驰蔚岭关，雨雪何纷纷。

猿狐啸我后，豺虎横我前。

衢路长荆棘，城郭生烽烟。

企予登衡峤，何时抵汉滨？

顿辔修我矛，秣马励其军。

天时未可失，人事毋乃烦。

自古逢屯蹇，励志在贞坚。

任重道弥远，岁暮时复春。

张幕蔽风日，杖戈思昔贤。

辛未冬感诗五首 选二

(一)

燕雀争巢居，火焰燎堂宅。

蚌鹬持沙渚，渔人伺岸侧。

嗟彼挟弹儿，少小昵邪慝。

累恶已慢藏，妄意更丰殖。

邻家务兼并，由来非一夕。

高台曲未终，奄忽倾其国。

藩篱寄童昏，本以资羽翼。

器重匪所乘，东望悲难噎。

(二)

天步何艰难！斯民厄穷困。

我闻富贵区，频年有遗殣。

若人工两端，大邦久作镇。

仓庚自丰盈，黎庶自饥馑。

无端务远略，群权偶相趁。

狡童睨其旁，势位几同殉。

析辨岂不密，毫厘谬失算。

古训讵可违？动则生悔吝。

1931年

镇　江

东流江水黄，京口海潮白。

圻岸遍巡行，旅馆聊栖息。

川原隐华秀，星月带春色。

戍角起城楼，渔歌鼓涟碧。

洪涛昼夜逝，阴云今古积。

北固旧披坚，金焦新荷戟。

屏藩已千载，水陆欣重历。

游览岂予事，虑深情转戚。

续抗战四十二韵

扰攘风尘下，鞬掌戎马间。
岂不怀佳节，畏此简书烦。
客从南阳来，贻我一锦笺。
上序结嘉会，下言赋诗篇。
邀我同制作，分韵适得还。
愿我移洛后，羽檄正纷纭。
啸歌以咏志，良宵此馀闲。
东事乱华夏，况复已经年。
兵连非一地，衅构本多端。
奉命总军旅，努力遏狂澜。
振策睦河朔，河朔虏气膻。
凭轼望江南，江南妖气缠。
惨淡沪宁沦，赤血浊清川。
逼迫晋鲁陷，空城凝寒烟。
冬去春夏来，日月如循环。
烽燧连百城，觊觎及中原。
徐淮遭颠沛，梁陈苦播迁。
涂炭将何诉，疮痍谁为怜？
浩浩洪河水，中夜急弥漫。
商渌阻凶烽，回军又南捷。
马当将失律，水陆忝重关。
幸有精良卒，甘为沟壑填。
匡霍遥相望，江汉同腾奔。
追逐益猛厉，壮烈各争先。

鏖战四阅月，杀敌无万千。

虏尸横旷莽，玄黄共新鲜。

诡谋不获逞，毒焰肆其残。

哀我熊罴士，顷亦如倒悬。

天地忽变易，山川顿掀翻。

湛湛沾戎衣，咻咻呻野田。

坚垒既尽毁，雄镇随之捐。

惨哉千里目，黄菊开无妍。

胜败有何常，师贵策其全。

智者计远大，愚者争目前。

不睹虎狼凶，凶盈将自颠。

不见蛇蝎毒，毒极将自殄。

制敌固有术，于今岂无传？

不震亦不逸，不忧亦不欢。

奋迅大化中，从容以任艰。

行远必由迩，登高庸自巅。

持此语诸子，兹义倘足宣。

刘伯承

刘伯承（1882—1986），四川开县人。青年时代投身于辛亥革命与反对北洋军阀的战争，曾任川军熊克威及混成旅指挥官。1926年加入中国共产党，任中共重庆地委军事委员会委员，发动领导泸州起义，任国民革命军四川各路总指挥、暂编十五军军长。抗日战争时任八路军一二九师师长。解放战争时任中原军区第二野战军司令员。

致谢南城

园林春色满，任女踏青时。
诚恐名花落，匡扶不上枝。
峨山沉雪里，欲往滞犍为。
君自家山问，琅琅回有诗。

1924年4月

郭则沄

郭则沄（1882—1947），字啸麓，福建候官人。曾任翰林院编修，民国初年曾任国务院秘书长。其诗清秀典丽。

丈　室

丈室蚊蝇颇见侵，收身终欠入山深。
一窗明晦参人鬼，几局输赢阅古今。
失路久怜征马惫，避名近学老鸡喑。
尘尘堆眼皆春梦，难遣炊粱醒后心。

竹轩绝句二首

（一）

高车门外去如雷，小院秋深独自来。
闲过薰风荷芰老，断无人处有花开。

（二）

乍听盆荷淅沥声，小窗云过夕阳明。
极知光景无多驻，怪底人间重晚晴。

胡元莎

胡元莎（1882—1926），字孟舆，号雪抱，以号名行世，又号穆庐，江西都昌人。宣统间赴京应试，授广东盐经历，未赴任。民国初年在南昌，应胡思敬之约参加刊刻《豫章丛书》，后在景德镇珠山书馆教书。其诗远宗屈原，近法杜甫、黄庭坚，渊郁幽奥，出之以奇丽遒逸。先后著有《昭琴馆诗文小录》《昭琴馆诗存》。马祖熙以为其"歌诗气骨高奇，精微郁勃。"吴孟复论其诗："格高力健，意境宏深。而神澄秋水，有如香象渡河。"

酬瘦湘早春寄怀并读其近作

心如湖水可通达，知汝近来福分清。
画眉晚添春妩足，梳头晓怯秋瞳明。
自然盈抱芳香意，不似空林寂寞情。
何复牵怀貌伧父，傅之雪月滋寒荣。

1919年

庚申初度日珠山书馆即事寄怀禅师庵讲学诸老

佳辰对酒负心期，别馆芳菲未过时。
移座花光频拂面，倚楼山翠恰当眉。
坐输威凤翔千仞，来学鹪鹩寄一枝。
犹喜说诗莲花在，漫空香雨著相思。

1920年

药　栏

药栏风定倚清池，检点莺花酒一卮。
却忆明湖落春影，堕云如髻雨如丝。

同江梧轩、余玉楼、余载卿饮坞塘酒榭复偕游雪峰寺

高座清尊挹翠微，山光嫩滴酒人衣。
一池水绉干何事，众绿风香作小围。
缩地无方鸥鹭远，藏春有坞燕莺肥。
游情早自空枝蔓，便叩精蓝访净机。

昌江客感

书剑长为客，谁还怅别离。

倦游憎逆旅，多病累亲知。

花暖红惊眼，山浓绿到眉。

如何池上影，瘦甚旧年时。

1921年

四十初度日感赋

年花凄绝画楼东，好雨偏催芍药红。

虚想回身腾旭日，剩能扶病理春风。

纤文愧说波澜老，慧命思除翳障空。

绿尽江山饶一醉，此时哀感昔人同。

1921年

夏夜即事

水榭歌阑月未斜，凉阴一路走香车。

芙蓉织彩衣初称，茉莉穿丝髻尚丫。

世味只应扶薄醉，禅心聊与映虚花。

银筝重紧添哀怨，莫更纤腰掌上夸。

七月望泊饶州

大好中元夜，归帆小滞留。

清辉连万户，凉梦压千舟。

月下攒溪树，星明近水楼。

江山静人语，远笛一丝秋。

1921年

菊　词

几簇霏红露半酣，秋堂如梦我犹堪。

闲情只许花知道，谁抹微云斗浅憨？

胡　若

胡若（1882—1945），字海秋，江西都昌人。天资颖慧，秀骨珊珊，藻秀翩翩。幼随其父胡廷玉观察使往金陵。后随夫在江苏淮阴生活多年。就读上海务本女校后，归任省立女子师范教员，升监学。著有《淡翠轩诗卷》。

和笑隐原韵

悄悄无言是此行，怕听杜宇一声声。
微生血液私盟语①，厌世奇哀慧眼明。
只合轻嗔排杂念，谁怜大智独多情。
神州八表同昏暗，底事佯狂么么生。

自注：①旧与笑隐约，愿作人类血液中微生物。

1927年

夜雨不寐用前韵再柬同人

晞发阳阿未可行，漫将红泪杂诗声。
迷来一芥尘为累，悟彻诸天眼最明。
忍说有怀思出世，总缘无碍独多情。
孤檠闪灼深宵雨，悄立低吟万念生。

岑学吕

岑学吕（1882—1963），字敏仲，号师尚，广东顺德人。1936年任广东省政府秘书长。精通内典，皈依虚云大师。其诗格近宋诗。著有《岑学吕诗略》。

将去职留别省府同寅

水面吹萍聚几时，久惭枯叶寄高枝。
楸枰敛手宁藏拙，鸥鸟盟心退已迟。
所不能忘从此别，为言将去可无诗。
诸公各取千秋业，容我江湖理钓丝。

1936年

漓江舟中日夜警报

江水悠悠夜气清，七星岩上月微明。
无端惊破渔人梦，警报传来第五声。

壬午五月廿日

零陵山中所见

乱山深处野人家，黯黯西风日又斜。
林翳可容飞倦鹊，岩幽自媚耐寒花。
儿童放学催炊饭，过客凭栏待点茶。
如此风光殊不负，为谁流荡向天涯。

乙酉端阳集湄园祭屈子

留连多士未羁孤，午日湄园祭左徒。
漫说清谈皆老朽，从来忠悃在江湖。
巾车岸帻天应问，香草沉罗子亦辜。
曲直不阿心事异，自酬佳节酌菖蒲。

1945年在湟川

闻日本投降喜赋

八表同昏血战殷，捷音夜播滏陬闻。
妙哉原子参天地，久矣含辛动鬼神。
劫后河山还属我，樽前涕泪事因人。
百年国耻今初雪，起视横窗草木新。

1945年

蔡可权

蔡可权（1882—1955），号公湛，江西新建人。江西心远学堂毕业。清末任民政部营缮司主事。入民国，历任江西省自治筹办处参议，北洋政府交通部参事，津浦铁路局课长，北京公路局秘书。曾参加稊园诗社。著有《获古录》《阴符经初解》《墨子浅说》《道德经玄赞》《蔡公湛诗集》。陈三立序以为"格益遒，味益隽，超悟名理"。

今夏旱魃为虐津南数邑民多流亡感而赋

飞鸿遵渚诉深秋，念尔劳生托大沤。
庚癸频呼声有泪，流离转徙渡无舟。
可怜赤地弥千里，况是黄埃溷九州。
移粟移民今日计，尚闻蛙鼓侑清瓯。

1921年

九日夜雨

斟醪吟罢强成眠，撼梦荒鸡故故喧。
听到深秋丛菊泪，起看残醉万枫颠。
甲兵尽洗知何日，灯火相窥似去年。
已是横流满沟浍，江间波浪恐兼天。

1925年

次韵答林忍默书近况二首 选一

累卵求安事孔艰，几曾寒士动欢颜？

亲衰敢说将浮海，世乱偏无可入山。

啼笑皆非心匪石，兴亡谁信理如环。

半生忍死承平梦；付与悬旌末肯闲。

1930年

申前诗未尽之意二首 选一

不屑嗟来食益艰，侏儒饱死亦何颜。

迷离梦境云中月，沉寂天光雨后山。

冷眼看人空色相，饥肠得句自回环。

坡仙传与安心药，薄醉等前意等闲。

水云老人用坚白制府元韵作落花诗十首，属依韵赋和兼呈子申年丈 选一

芬芳悱恻倩谁知，渺渺余怀强自持。

逝水微茫馀别梦，曲阑迂郁见疏枝。

衔泥燕不惊铃语，酿蜜蜂应笑玉痴。

莫道乱红狼藉甚，春来还有再开时。

秋日感事和剑萍韵兼寄周芷佩翁

一叶能知天下秋，朋樽寂寞倚江楼。

只馀风雨空山感，不尽烟波万古愁。

落落野情违俗尚，滔滔逝水汇群流。

坐看禹域将沉陆，辜负鸡声报晓筹。

1933年

李　禧

李禧（1882—1964），字绣衣，福建厦门人。清末举人，民国初年任厦门竞存小学校长。抗战期间厦门沦陷，坚拒伪职，避居香港。旋返鼓浪屿任教，后任厦门图书馆馆长。著有《紫燕金鱼室笔记》《梦梅花仙馆诗钞》。

厦门陷敌，义士捐躯，祸及妻子，既光复山河，诗以慰之

国殇自古数汪童，鲁阳之戈后羿弓。

誓将灭此而朝食，战云欲墨战血红。

妖曦赫赫东海东，八千子弟瞬沙虫。

空谷幽兰自娟娟，谁分葬身烈炎中？

江干从此飒英风，贯日天亘美人虹。

寒食近，雨濛濛。奠椒觞，告鬼雄。

江山还我尔休恫。

日军据厦，海禽他徙，今未见只羽还，约未妨

翱翔输尔识先机，我暂归来尔未归。

大地尽多矰缴苦，清秋何处稻粱肥。

乌衣门巷春风在，白鹭江城暗雨霏。

绝忆秋潮风一角，掠波低傍鹬头飞。

傅熊湘

傅熊湘（1882—1930），字君剑，号钝安，湖南醴陵人。初在上海主编《竞业旬报》。1906年萍浏醴起义在即，与宁调元入湘策应，宁被捕，他避难而逃。民国后，历任湖南中山图书馆馆长、沅江县长，创办《湖南日报》《天问》周刊。后转陟庐山、安庆。著有《钝安集》。

杂　诗

新月如钩挂落晖，天风澹荡薄春衣。
闲来凭眺无馀事，笼得青山两袖归。

马　浮

马浮（1883—1967），字一佛又名一浮，号湛翁，别署蠲翁、蠲叟、蠲戏考人，浙江绍兴人。十岁能诗，有神童之誉。入上海南洋公学，赴美国圣路易斯留学生监督公署任文牍。民国初年，隐居治学首译《资本洽》。日寇攻陷上海，逼杭州，南迁至江西泰和，应竺可桢之聘在迁此地的浙江大学讲授国学。后往四川乐山县草创书院，后停办。编刻《避寇集》、《蠲戏斋诗前集》、《蠲戏斋诗编年集》。1946年回杭州继续刻书。新中国成立后，历任浙江文史研究馆馆长中央文史研究馆副馆长，他以诗说法，蕴涵哲理；状物写境，境智交融，空灵澄明。程千帆论其诗："冥辟群界，牢笼万有，玄致胜语，胥出胸中神智澄澈之造。文质彬彬，理味交融，较之晦庵（朱熹）殆有过之而无不及，其我国为数极少之哲人而兼诗人欤？"（《读蠲戏斋诗杂记》）。

将避兵桐庐留别杭州诸友

礼闻处灾变，大者亡其国。

奈何去坟墓，在士亦可式。

妖寇今见侵，天地为改色。

遂令陶唐人，坐饱虎狼食。

伊谁生厉阶，讵独异含识。

竭彼衣养资，殉此机械力。

铿翟竟何裨，蒙羿递相贼。

生存岂无道，奚乃矜战克。

嗟哉一切智，不救天下惑。

飞鸢蔽空下，遇者亡其魄。

金城为之摧，万物就磔轹。

海陆尚有际，不仁于此极。

馀生恋松楸，未敢怨逼迫。

烝黎信何辜，胡为罹锋镝。

吉凶同民患，安得缗怆恻。

临江多悲风，水石相荡激。

逝从大泽钓，忍数犬戎厄。

登高望九州，几地犹禹域？

儒冠甘世弃，左衽伤氂及。

甲兵其终偃，腥膻如可涤。

遗诗谢故人，尚想三代直。

1937年9月

渝　灾

行客惊心问水滨，楼台见处已迷津。

前歌后舞须臾事，万户千门一聚尘。

云影暗随青鸟灭，江声喧似毒龙嗔。

三春回首三巴远，鹤唳猿啼最恼人。

1939年

乌尤寺即古离堆，方借僧寮营书院

昔闻神力战卢敖，身入安流置石牢。

不使鱼龙惊匕畅，未妨楼观截波涛。

天回地转成三世，鳌圻鲸奔等一毛。

剩有孤峰容宴坐，长怜江水日滔滔。

1939年

遣 兴

三年避地息心兵，暂对寒岩一日晴。

留得虚空容万象，不因闲事长无明。

霜天草树藏根密，佛国琉璃入掌平。

劫后人间忧喜尽，飘风堕瓦未堪惊。

1940年

胡旋曲

横海楼船甲杖新，鸣钟难制毒龙嗔。

舞衣争裂齐纨素，交态翻疑鲁酒醇。

天半笙歌犹暗度，尊前笑语不成春。

西邻日日椎牛祭，谁解壶飧哺饿人。

杂感 二首

（一）

不住孤峰顶，将寻下泽游。

有生皆念乱，无地可埋忧。

春草忘言绿，沧江日夜流。

残年知物理，任运更何求？

（二）

莫问西来意，唯消一字禅。

掌擎千世界，眼烁四王天。

弄影猿窥月，驰心鹿趁泉。

拈提俱不到，觌面隔山川。

1940年

庚辰岁除遣兴

沧沧寒日尚临轩，云外三山雪正繁。

伐竹苦传供美箭，种桑悔不植高原。

村厖当路时惊客，病鹊依檐懒负暄。

愁思每随江水去，似闻巫峡有啼痕。

1940年

迟无量久不至却寄

荒江白屋傍风雷，问水看天几日猜。
世谛不堪扶老说，故人肯为破愁来。
飘灯细雨微茫见，窜谷幽花惨淡开。
鲑菜莼羹俱梦杳，干戈无奈正相催。

1940年

杂 兴

石势天根接，林光海气蒸。
行山多猛兽，入寺少残僧。
水尽鱼争饵，巢空鸟避罾。
崎岖邦国计，落日下高陵。

江村遣病十二首 选二

（一）

雾重山河渺，林幽日月昏。
乱流知不断，拳石恐无根。
鸟印空中灭，天心夜半存。
穷年栖隐迹，壁观近沙门。

（二）

兵气连黄雾，春星数望星。

崩崖从古赤，沙草暂时青。

遇客求鸮炙，因风辨塔铃。

蝮蛇犹未殄，鲛鳄近南溟。

1941年

寒食谢诸友问兼答讲舍诸生

海沤电拂倏无邻，乘化观缘得暂亲。

岂有风轮持世界，但凭愿力向斯人。

方邵安

方邵安（1883—1960），字景袁，号筱庵、今吾、卧斋，福建云霄人。设帐授徒，间亦行医。有《卧斋吟稿》。

鼓 角

鼓角催残腊，烽烟逼近郊。
积薪将厝火，栖燕欲危巢。
已见螟蝗集，行看鹬蚌交。
漩涡真险恶，谁起援同胞。

伤 世

沧海横流日，典型无复存。
德亡才愈坏，法丧力居尊。
狼虎窥边急，龙蛇起陆奔。
谁擎旋转手，新整旧乾坤。

邓家彦

邓家彦（1883—1966），字孟硕，广西桂林人。民国初年在上海创办《中华民报》，因刊登反对袁世凯暗杀宋教仁文章而系狱，释放后往美国入纽约哥伦比亚大学研究政治经济。北伐时任国民党广西支部长，后任国民党中央执行委员。1947年赴美，后往台湾。著有《一枝庐诗钞》。但焘序中评以为："诗格在唐宋之间，词气风调，得力于工部（杜甫）者独深。"贾景德评《西北吟》一卷为"诗亦劲挺有奇气，本色不掩"。

唐太宗昭陵

一角奇峰白骨堆，太原公子霸图恢。
当年珍璧知何似，可有《兰亭》出土来。

1935年

新　晴

雷雨终宵旅梦惊，晓来鸦雀噪新晴。
锦霞幻织云天丽，灏气孤从肺腑清。
润挹紫薇娇似晕，烟笼翠柏静无声。
珠帘乍卷凉飙发，我亦参禅直到明。

沈尹默

沈尹默（1883—1971），原名君默，浙江吴兴人。早年留学日本，1916年入北京大学任教，后任北平大学校长。是倡导和最早发表白话诗的人之一。其旧体诗温雅蕴藉，思致婉曲。著有《秋明室诗集》。蔡元培序云："清季以来，健者好效宋体，间有一二以佻冶自喜。而君所作，乃独不失温柔敦厚之旨，宜乎君所为新体诗，亦复蕴谐有致，情文相生，与浅薄叫嚣者不可同日语也。"

杂　感

陶醉心情清醒眼，笑筵歌席泪痕多。
柳丝牵尽花飞尽，一任春情脉脉过。

无尽生中有尽身，定于何处证前因。
一溪春水悠然去，照遍人间现在人。

1926年

春归杂感

年少人人爱春风，几人识得红花红？
春血染成色透肉，不是寻常胭脂浴。
春残血尽花才干，愿君莫作等闲看。
等闲相看实相薄，无怪花开甘自落。

1927年

秋明室杂诗 选六

（一）

礼非为我辈，我辈莫能外。
法缘人情生，人情有向背。
天地至不仁，了无憎与爱。
恢恢一网罗，万物游其内。
少读涪翁诗，每发下士笑。

（二）

晚学差有味，犹愧未闻道。
寥寥千载间，斯人惜怀抱。
森泓不可言，悲深知语妙。
光辉烂朱阁，摩天插云里。
平陆忽掀簸，墙宇倾欲圮。

（三）

阁上戏明琼，酣嬉谁家子？
翻翻巢幕燕，火炎无全理。
谁无骨肉爱，愤然挟之起。
独醒众已醉，宁故别人己。
推枕起徬徨，世事何遽尔！

（四）

黄流接混茫，浩浩下泥沙。

九曲如有让，千里谁能遮。

怀哉利济功，漂溺复无涯。

始以一线源，纳彼万派差。

不息或其大，感之长咨嗟。

（五）

灼灼鸡冠花，昂然当阶前。

凉飙翻岂动，秋阳曜更妍。

泯彼开落迹，无为图画传。

杂之百卉间，所立卓不偏。

向来绝品题，此事或当贤。

（六）

小草守本根，而不殉世情。

庭野无二致，古今同一宗。

每被秋霜杀，还共春阳生。

践踏随所遭，俯仰岂不平！

寻常乃如此，松柏有高名。

1940—1942年

吕碧城

吕碧城（1883—1943），字遁天，号圣因，安徽旌德人。南社社员，曾任天津北洋女子师范校长。后从严复学逻辑，从樊增祥学诗。中年以后卜居瑞士阿尔卑斯山中。病逝于香港。有《欧美漫游录》、《晓珠词》。

游钟山省庵

春阑杂树未凋红，胜境留人似桂丛。
云意远含疏密雨，岚光高爱去来风。
移文早勒北山北，避地何劳东海东。
棋局长安浑不定，只应都付烂柯中。

中秋夜太平洋上观戏，为史璜生女生主演之片

曼衍鱼龙幻不穷，寒璜辛苦警群蒙。
匆匆一霎华胥梦，尽在涛声月影中。

1926年12月

丁卯暮春游瑞士

谁调浓彩与奇香，造就仙都隔下方。
海映花城腾艳霭，霞渲雪岭炫瑶光。
鸣禽合奏天然乐，静女同羞时世妆。
安得一廛相假借，馀生沦隐水云乡。

1927年7月

游义京罗马

夕照镕金灿古垣，罗京写景入黄昏。
海波净似胡儿眼，石像靓传娀女魂。
万国珠槃存息壤，千秋文献尚同源。
无端小住成惆怅，多事回车市酒门。

1927年

余天遂

余天遂（1883—1930），号大颠，江苏昆山人。民国初年投笔从戎北伐，任总司令姚雨平之参谋。其诗颇有悲壮遒劲之气。

望梨里

遥望梨花里，吾心独黯然。
灯光来旷野，云影障穹天。
水阔疑无路，村稀识早眠。
谁知有行客，到此欲流连。

余绍宋

余绍宋（1883—1949），字樾园，号寒柯，浙江龙游人，生于广州。曾留学日本，归任北京美专校长，后任杭州《东南日报》副刊主编，曾任省参议会副议长。擅书画，尤工章草，著有《寒柯堂诗》《画法要录》。

悲会稽

虏骑已潜布，间谍亦伏埋。
将军特镇定，犹逐笙歌来。

笙歌未已干戈起，转瞬名城遂摧圮。
哀哉学子亦何辜，男者遭屠女者俘。
资才委弃库藏洗，军官士卒无一死。
奇祸翻由镇定生，可怜平日枉知兵。
东山丝竹已矫情，起起况复非干城。
我闻彼中多男子，卧薪尝胆思雪耻。
犹望官军速莅止。

1941年

过七里濑口占五绝句 选二

（一）

残梦迷离鸟唤醒，画眉宛转最堪听。
披衣犯晓船头坐，疑雨疑云一抹青。

（二）

八年不识鲈鱼味，乍见濠梁意兴开。
红树半江秋色好，渔舟偏在客星来。

1945年

哀富阳

富阳繁盛人烟稠，八年不至成荒丘。
舟行瞭望几不识，但见茅屋三五依汀洲。
颓垣坏壁亦渐泯，啮草求饱惟有羊与牛。
争城夺地古亦有，不闻专与民居仇。
异哉倭奴乃出此，种兹怨毒何时休？
斜阳黯淡鸦雀乱，何处春江第一楼？
吁嗟！何处春江第一楼？

1945年

刘　谦

刘谦（1883—1959），字约真，泽湘弟，湖南醴陵人。就学于湖南师范时，由宁调元介绍入南社。1912年与傅熊湘等创办《长沙日报》。后返归故里兴办学校。傅钝安殁后，其《钝安集》由刘谦整理传世。中年以后，皈依佛门。有《无诤诗稿》《新生室诗稿》，周子美为前集作序云："君少作才华奋发，悱恻缠绵。中年纪离乱，感时事，有少陵野史之风。近体坚苍隐秀，诗律愈细。"

除夕杂忆诗

渌江江上碧磷飞，已觉人烟百里稀。
岁暮可怜闺里冷，尚携稚子望夫归。

不堪策蹇过前林，凭吊苍凉野烧痕。
一幅流民谁画得，有一牵根住山根。

次韵钝根

谁与骄阳斗暑蒸，几回肠断曲栏凭。
又看瓜架牵新蔓，凭割溪云补断塍。
蚕室竟羁牛马走，蟾宫肯逐犬鸡升。
王乔昨日吹笙过，我欲从之恨未能。

三叠前韵

繁柯夹道打头低，转向幽深觅寄栖。

稻垄泻泉层磴下，豆棚撑月小桥西。

奈何清夜偏闻笛，谁分空山更听罄。

大乱频仍天倘厌，未应远谪苦昌黎。

胡翔冬

胡翔冬（1883—1940），安徽和州人。1927年在金陵大学当教授。壮年从陈三立游，苦心吟诗，受其影响很深。论诗遍及八代、唐宋诸大家，喜好张籍、贾岛、卢仝诗。认为"不独当为今人之所不为，且当为古人之所不为，乃可以当时语，道当时事，足以信今而传后"。作诗不肯苟且为之，而语必惊人。以人怪、诗怪、字怪而被称胡三怪。著有《自怡斋诗集》，陈三立题辞云："沉思孤往，窈冥俱深，直欲追晞发（谢翱）而攀无本（贾岛）。"

记 梦

太阳穿我屋，白白若牵绳。

而我手挽之，汗出天皆升。

风雷吼东西，日月如鬼灯。

妖星闪其下，欲摘力不胜。

南方多赤鸟，争食爪嘴矜。

北方气候寒，老龟僵卧冰。

胡子立中央，眦裂酒气腾。

扶醉诉上帝，额地臣战兢。

帝曰罪非余，自彼黎与蒸。

天地终不坏，尔其事聋瞽。

过香林寺同胡小石、陈仲英作

到门一木桥，山果下萧萧。
人影树边水，酒香肘下瓢。
寺钟和雨落，僧饭带云烧。
终拟同来此，参禅暮与朝。

夏夜牛首山中呈散原老人

苦吟不得句，赤脚独闲行。
松密月如死，塔狞天欲惊。
夜萤一二点，寺犬十馀声。
海内陈夫子，应怜此夕情。

泛舟玄武湖同胡小石、陈仲英作

一瓢携二客，厚水与轻桡。
仰首木桥下，天分几十条。
山藏萍末静，蛙坐芡盘骄。
归路逢苍妪，于今颜已凋。

奉和散原先生鸡鸣寺

倚楼一开眼，日脚与诗痕。

犬卧去年雪，鸟还隔水村。

山僧无病叟，木佛不言尊。

杯底台城黑，斋钟飘饿魂。

读散叟匡庐山居诗口号二首

（一）

埋梦匡庐松雾涛，窥窗文豹上屏风。

有时浴梦鬓丝湿，曝向青天又梦中。

（二）

薇蕨分均大盗仁，教餐风露鹤来亲。

愚儒也有西山梦，夷叔原来饱死人。

张肖鹄

张肖鹄（1883—1966），湖北鄂城人。毕业于武昌两湖师范学堂。武昌首义后，为湖北军政府机关报《中华民国公报》副主笔。先后任鄂西靖国军秘书长，安徽颍上、湖北宜都两县县长。离任后在地方上兴办教育。著《峭谷诗稿》。

晚凉偶兴

城上高台接后庭，晚凉风味饱曾经。
中天月色团团白，隔岸渔灯点点青。
山影远随云外见，江声静向枕间听。
小僮也解催诗意，茶兴浓乘酒力醒。

1933年

六十生日

几人劫里幸重生，沧海频年未解兵。
梓里荒馀豺虎迹，棘林愁续凤鸾声。
凄凉幽草迟春色，珍重斜阳向晚晴。
万念俱灰心不死，残躯殷望太平氓。

1943年

大风三日，天气骤变有感

暑气一朝尽，逆风三日凶。

残阳矜过夏，冷意逼初冬。

乌兔逝无迹，蚊蝇逃绝踪。

湖波争海立，思撼接天峰。

云自骎骎卷，风犹虎虎吹。

虫声喑画壁，灯影乱书帷。

纨扇捐胡早？绵衣装尚迟。

最怜高树鸟，飘曳在危枝。

1945年

汤国梨

　　汤国梨（1883—1980），浙江吴兴人，1913年与章太炎结褵。先后参与筹办中国女子救国会、女权同盟会等。有《影观集》，一派天籁，韵远神清，自然天成。太炎逝后，抗战爆发，避难流离，诗风转为凄婉。

再赋屋顶种花

无地埋愁引恨长，栽花且就斗牛旁。
鬓侵云气依稀湿，袖倚天风窈窕凉。
欲艺秋兰留作佩，还期寒傲独凌霜。
凭高望极归鸿影，万点归鸦乱夕阳。

1928年

安危，时日军已进浙西二首 选一

安危所系一身微，出处依违计已非。
浅水蛟龙悲触网，抟云鹏鸟恐投机。
可知骑虎终须下，试问游魂那得归。
独惜神州文物尽，痛心浩劫泪频挥。

1937年秋

春草绿矣，感念外子二绝

（一）

春草发新绿，春禽啭清音。
念彼长眠人，黄土日以深。

（二）

黄土日以深，白发日以短。
生死两悠悠，泪尽肝肠断。

杨赫坤

杨赫坤（1883—1956），字苏更，江西武宁人。清末时留学日本，归国后初居京师，后任广西省政府秘书长。晚乃息影林泉，牧牛为生。著有《稼心轩诗存》。自叙喜太白、昌黎、东坡三家诗。其诗戛戛独造，雄杰骏迈，虽稍嫌生硬，不害其风格遒上。

春　望

飘尽鬓痕无限愁，卷帘春色接天浮。
中原一发三千丈，团茧柔肠十万周。
骤雨来时斜渡鸟，呼风何处乱鸣鸠。
离离几片青阡陌，禾黍当知晴后收。

吴淞口候潮

风风雨雨欲三更，客舍初寒梦不成。
往事有如飞鸟过，此心殊觉夜潮生。
诗狂放胆千秋业，烛灭窥胸万古情。
愿与二三扪虱辈，酒阑一笑大江横。

江南舟次

初入国门心淡远，江南风景更清奇。

长鱼摆浪几千尺，嫩柳摇村三两堤。

团月空花过眼逝，今愁古恨压眉低。

可怜一片干净土，城郭森森隐鼓鼙。

游芝园

落日媚远山，缺月巢深谷。

髡柳摇寒风，脱叶响空木。

长楸密幽径，短竹疏板屋。

邅回路接天，潋滟篱盈菊。

披胸山在抱，屈轮海可掬。

山意放嫩晴，海气吐帆腹。

漠漠痴云杳，脉脉香风逐。

坐禅澹尘心，行月暗林麓。

不辨景物殊，但闻稚子哭。

我心窃忧忧，恐惊星河覆。

郭则寿

郭则寿（1883—1943），字舜卿，福建侯官人，郭则沄弟。早年留学比利时，回国后担任福州中国银行行长。中年后因家事剧变，退隐向道长斋，精研易象。著有《卧虎阁诗集》。

雨后望鼓山

路转山光渐我亲，高岩悬瀑白于银。
天然一幅倪迂笔，映日笼云欲入神。

观造纸厂

层楼高傍秋江曲，导客轻舟江路熟。
入门机轴声阗然，张口惟餐芦与竹。
摇头咬齿咀且嚼，不觉槎桠实其腹。
鼓轮煎熬复溲涤，一片联娟泻寒玉。
建安槽工几废弃，入市蛮笺作官牍。
发挥本富乃大愿，追古翻新期效速。
楮国拜命嘉陈侯，十载辛劳此新筑。
手工近更录灾黎，穷寒喜饱仁人粟。

陈匪石

陈匪石（1883—1959），字小树，号倦鹤，江苏江宁（今南京）人。早年参加同盟会，入南社。历任南洋槟榔屿及上海各报记者，北京中国大学、华北大学、中央大学教授。其诗风近宋诗，瘦健有神。著有《宋词举》《陈匪石先生遗稿》。

倚 栏

举目山河乍倚栏，断霞天外尚微丹。
虫声唧唧催秋老，木叶萧萧助晚餐。
身世由来忘仕隐，中原有分涤腥膻。
风前漫洒伤高泪，竹翠松青取次看。

寒 泉

未春黍谷阳犹伏，满地商飙气渐凝。
君子之交原似水，至人所履薄于冰。
源来山腹清无那，扪至心头冷可能。
莫道不波同古井，潜鳞跃起意飞腾。

陈海瀛

陈海瀛（1883—1973），号无竞，福建福州人。清末举人，早年留学日本。曾跟随孙中山先生，任秘书。著有《希微室诗》。师从江西诗派，宗黄山谷诗。

题海南所居

岁辄三迁类转蓬，去将安适鼠方丰。
瘴乡地湿常宜雨，老屋窗虚易受风。
啜茗渐教谙世味，灌花聊与补天工。
墙东容我须臾卧，堂上俳优舞未终。

1920年

中山先生讳日已十六周年矣，追怀往事，怆然有作

番禺军府盛宾僚，桂管回师又入韶。
叔宝心肝宁足食，伯符志业不终朝。
覆瓯弥念攀天痛，簪笔曾随过岭遥。
十六年中如转烛，陵园草树自萧萧。

1941年

张默君

张默君（1883—1965），女，湖南湘乡人。有《默君诗草》。毕业于上海务本学校，加入同盟会。民国初年发起成立神州妇女协会，创办《神州日报》。后任江苏师范校长。

晓江渡雨

细雨轻寒逗素波，芙蓉红泪为谁多。
一声孤棹千峰碧，幽梦如烟堕晓河。

1928年

重至焦岩

浩荡江涛雪乱堆，山香如海我重来。
梦携浮玉青天上，无数烟岚落酒杯。

1932年

梁 希

梁希（1883—1958），字叔五，浙江湖州人。早年先后赴日本、德国留学。1933年任中央大学森林学系教授。著有《梁希文集》。

岷江平羌峡

分明舟已到途穷，水转山随路又通。
一峡平羌三十里，千回仍在曲流中。

1941年

台湾鹅銮鼻遇雨

云龙风虎鹅銮鼻，细雨斜阳化彩虹。
灯塔摩天楼顶上，舟帆立石水当中。
渔樵人聚高山猛，朝暮鲸翔大海雄。
三百年传清日史，如何不说郑成功！

黄苕洲

　　黄苕洲（1883—1952），字宪文，福建福州人。1920年自办师竹书院，后历任数所中学教员。其诗语言活泼，新意迭见。

漂　母

埋冤黄土暗无言，城下犹传漂母恩。
饿死强于三族赤，转因一饭误王孙。

偶过山家

出门初不定西东，踪迹如云偶趁风。
诗在斜阳流水外，人行黄叶乱山中。
三间短屋篱笆隔，一曲清溪略彴通。
妆点田家无别物，半畦野菊杂秋菘。

向乃祺

　　向乃祺（1884—1954），字伯祥，湖南永顺人。毕业于日本早稻田大学，民国初年选为国会议员，后在北京各大学兼课。抗战时在重庆与黄炎培创办《宪政旬刊》。有《灵溪诗集》。

秋　雨

凉飙散郁信，一夕变深秋。
雨听滂沱泣，雷惊霹雳投。
惟严征购法，就拯溺饥忧。
禹甸哀鸿满，兵戈况未收。

李宣倜

　　李宣倜（1883—1958），字释戡，号苏堂，又号蔬畦，福建福州人。清末举人，曾留学日本，民国初年历任总统府参议，北京师大、美专、民国大学教授，行政院参事。有《苏堂诗拾》。其诗出入东坡、后山、剑南之间，清刚华绚，百态争新。

中秋夜起

霜娥如约来窥户，独客无眠正忆家。
酒醒村荒篱吠犬，灯疏人定树栖鸦。
未甘惘惘良宵逝，又见沉沉北斗斜。
万念乘除残卷里，依然裁句是生涯。

八月十七夜

不多黄落是秋声，露冷溪桥怯独行。
好梦已随明月缺，乱愁还共晚潮生。
寻常语笑成追忆，老病年华只暗惊。
便欲乘风云万叠，相思依旧隔重城。

暑夜露坐

画屏临夜掩灯光，柳外繁星闪有芒。

坐久空庭生暗白，剔馀纤草散幽香。

意根忏尽偏留恨，世味尝来幸健忘。

万籁俱沉天宇远，无眠所得是微凉。

李木庵

　　李木庵（1884—1959），字典武，湖南桂阳人。初任北伐军十七军政治部主任。四一二事变后转入地下活动。1940年到延安，任陕甘宁边区高等法院院长，检察长。1941年9月5日，在延安成立怀安诗社，被推举为社长。著有《西北吟》《解放吟》《窑台诗话》。

感　时

蜩螗国事徒纷然，为仿竹书一纪年。
太上权威归武士，中庸治理薄儒先。
干戈坛坫终何裨，裙带衣冠各自妍。
我欲问天天不语，苍生霖雨讵无缘？

1933年

重抵西安

　　余脱险后，西走黔川，经西安来延，在西安曾访参与双十二事变之故旧。

驰骋长安道，一挥止日戈。
云中笳鼓壮，天半羽书过。
筹唱灞桥月，鞭横渭水波。
西风连夜急，沙石走层波。

1940年

延安新竹枝词

延 河

延河清浅水淙淙，曲似琅环直似杠。
为爱临流沙细软，夕阳影里蹀双双。

西北菜社与青年食堂

西北青年各擅长，薯丝酥脆豆泥香。
羊羹泡馍更经济，要数清真小食堂。

游 泳

红颜绿水白肢肤，笑顾中流倩石扶。
一瞬游来蛙式捷，问君濠上乐何如？

1942年

骤雨，延河陡涨，水势奔放

漫天雷雨势倾盆，倒汇山洪万马奔。
延水陡添两岸阔，古城斜峙一肱横。
堤新长护龙鳞活，境谧喜无虎眼惊。
欲挽怒流千尺浪，涤除禹甸血膻腥。

1943年

刘腴深

刘腴深（1884—1949），湖南浏阳人。历任湖南官书局编纂，湖南大学教授,曾创办麓山诗社。著有《天隐庐诗集》。

咏 松

云壑萧然已自高，孤生何碍溷蓬蒿。
不知幽愤胡由积，时向空山作怒涛。

归燕词

紫领红襟瘦胜肥，社前双觅旧巢归。
情知小屋栖身稳，不向高门大厦归。

邓 隆

邓隆（1884—1938），字德舆，号玉堂，甘肃沙洲人。光绪间进士，民国后历任甘肃榷运局长，夏河县长。晚耽佛学，曾应聘修撰《甘肃省志》。有《壶庐诗集》。其诗清矫拔俗。

登金城关有感

一线波光照眼明，绿云深护汉金城。
山川终古容歌舞，政治几人说竞争。
白石恐无翻起日，黄河似有不平鸣。
治安未策空流涕，独倚雄关望贾生。

谢觉哉

谢觉哉（1884—1971），字焕南，湖南宁乡人。1934年任中央苏区政府秘书长。后在延安历任陕甘宁边区高等法院院长，二届边区参议会副议长。其诗清朗流畅。

复家信

泠泠关中月，飙飙塞上风。

星霜忽十易，云山犹万重。

忆昔少壮时，春出归必冬。

蹉跎三十载，汝妪我已翁。

谓有敝庐在，偃泉相与终。

岂知遭世变，地坼天复倾。

取义希往哲，随波陋时英。

遽尔从军逝，如鸿入冥蒙。

音书久断绝，生死不可踪。

累汝苦思念，暮暮复晨晨。

累汝奈强暴，一夕或数惊；

累汝家计重，荆棘苦支撑。

遥知鬓发改，不复旧时容。

我行山川异，南北又西东。

徒手出蛟窟，挥鞭入蚕丛。

血染万里碧，目现一轮红。

容留暮齿在，行见九州同。

经历难申述，朱颜不再逢。

双瞳幸未眊，左耳微似聋。

家山时入梦，风景依稀中。

园韭绿如褥，庭松苍似龙。

稚子已逾冠，雏孙正应门。

别离何足惜，贵不负初衷。

国破家宁在，貌衰心尚童。

偶因朔风信，一纸当告存。

1937年

南泥湾纪行

晨兴四寂静，独自步林阿。

烟直缘风定，枝重是露多。

树头惊宿鸟，叶底听流波。

更有行人早，铃驮队队过。

野树密藏雉，荒溪清不鱼。

黍粱蔬果稻，高下绿齐铺。

水远逶迤溉，苗疏次第锄。

饱馀无所事，陇畔立斯须。

梢沟二三里，里外异阴晴。

蹴尔惊长雉，几步不见人。

拨根寻木耳，认叶掘黄精。

直抵沟穷处，畏吾时一声。

1944年8月

喜 雪

绝似江南雪，初临塞北春。
飘来湿帘幙，望去泻琼银。
馀燠昨宵火，沾花处士巾。
天公为涤秽，村市少游人。

1945年2月

秋初即事

一身化作万千身，万众同心大进军。
再百个旅来送死，更三年仗以求生。
渡河迭报刘陈捷，碰壁纷令美蒋惊。
草法正如草檄急，秋宵遥听鼓鼙声。

1947年

陈凤鸣

陈凤鸣（1884—1929），字梧生，福建周宁人。清末秀才，后厕身军界。耽吟咏。

秋 感

万方多难独登楼，古木寒鸦掠晚秋。
雾敛岚光笼翠袖，波飘鸥梦隐中流。
搀枪横扫星河冷，鼙鼓遥传送塞愁。
一寸江山两行泪，临风洒送遍神州。

吕思勉

吕思勉（1884—1957），字诚之，江苏常州人。先后在常州府中学堂，苏州东吴大学，沈阳高等师范学校，上海沪江大学，光华大学任教。著有《先秦史》《秦汉史》《中国制度史》《读史札记》等。

海上遇脊生，别后二日寄苏州

野性由来不入时，孤行更欲语伊谁。
偶过夕市谋微醉，却遇良朋慰梦思。
邃密商量惟尔独，人天悲悯几心知？
兴亡理乱畴能管，得少闲时且奕棋。

刘 庸

刘庸（1884—1970），字子平，广东番禺人。曾历任宝安、从化、三水县长，来香港后先后任香港华民署二级增补文案，香港副华民政务司。作诗兼学西昆体及陈师道，情韵兼赅。

贵县道中

万绿围青地，河流一带萦。
幽蹊随处改，新意逐程生。
奇石沙中聚，残霞木末明。
鸟闲立牛背，相伴各忘情。

利柱石司令属和《曲江杂感》，即次原韵并柬梁高参少衡

传烽初系劫灰吹，万户惊霆破壁时。
裙带香残沧海立，石塘烟冷夕阳迟。
哀鸿道路烦新鬼，匹马天涯失故知。
红帽磨牙行旅贱，更无人可赠将离。

退休四月后得华民司杜德慰书有感，四用锄经堂常韵

山丘容许又华堂，托世因缘讵有方。

一榻茶烟供卧起，九衢车马自纷忙。

栖尘久混蛟蛇窟，抱牍初辞凫鹜行。

蝉翼茧丝轻一掷，眼中翻覆百年常。

1948年

欧阳祖经

　　欧阳祖经（1884—1972），字仙贻，别号阳秋，江西南城县人。宣统二年（1910）东渡日本，就读东京高等师范。归国任省立一中校长，北京女子师大教务主任。1927、1936年，两任省图书馆长。后聘为中正大学历史系教授。工诗，尤擅填词，有《晓月词》三十阕。

杏岭杂咏 选二

（一）

亭亭五柏东，幽居倏在眼。
两载遭飘荡，万事随苟简。
晨畦瓜蔓弱，蓓乱半锄铲。
夕窗兰焰微，飞虫时入盏。
老妻絮盐米，悔破中人产。
引领故里间，道梗绝书柬。
黉舍相招邀，良朋意何限。
短绠汲深泉，蹇足登高栈。
煌煌杏坛业，杏岭徒增赧。
三复《礼运》篇，临风倾浊盏。

（二）

野塘碧水满，怒草乱蛙鸣。

绕户蟏蛸迹，四山虫鸟声。

悦耳皆天籁，贪生固物情。

蝶粉自然紫，萤灯无数青。

下逮一滴水，窥镜难逃形。

千奇与万诡，逐逐何所营。

眼前寻尺地，强弱争亏盈。

奚必万里外，始识修罗狞。

浩劫惟心造，孽报任纵横。

佛力未能度，凭谁为解铃？

怀南昌古迹

劫后书城往事空，芳洲萧艾已成丛。

当年营卫森严处，想见堂堂细柳风。

（百花洲）

双株桂老护荒斋，良月栖迟最可哀。

花自馨香风自定，秋深啼鸟墓门开。

（青云圃）

卢贞木

卢贞木（1884—1950），字兆梅，江西万载人。清末邑庠生。历任南城、奉新知事，江西省财政厅第三科科长，安徽桐城县长。其诗幽而能健，朴而能绮。

次韵复呈幼民

滴檐微雨助书声，晓兴新诗咳唾呈。
语妙君房消夏永，赋成开府比秋清。
乱流白马江寒影，残局红羊劫换枰。
一枕北窗高卧稳，阴晴反复看分明。

同佑公闻时局有感

理谈治乱费寻思，事判兴亡孰主持？
革命未成汤武业，伏尸先吊触蛮师。
何年国尊苞桑固，到处民怀累卵危。
天道向来扶后起，有能养晦莫疑迟。

胡 磊

胡磊（1884—1978），字铁笛，江西都昌人。负笈师范女校时，考取公费留学日本，入东京女子大学教育系。归国后创办南昌匡秀女校。后历任安庆女子中学，南昌第一女中国文教员。其诗于温婉中见风骨。

春日郊行用笑隐韵

欲觅桃源深处行，携锄纵酒放歌声。
苍茫野阔舟横渡，灿烂乾坤月又明。
但觉春风吹有意，莫教芳草系离情。
安排险阻栖身稳，谁识江湖太弱生。

和笑隐韵

春风无那送君行，惆怅江城汽笛声。
芳树含烟迷远望，碧波如镜荡空明。
未能遗世终多愿，却为怜才更有情。
怕向西窗听夜雨，万千离绪似潮生。

怀笑隐浔阳

春阴何处不堪行，欲隐孤山听鹤声。
入世总怜心苦热，看花且喜月长明。
倾樽细诉年来事，分手难禁别后情。
潦倒壮怀无一可，只凭诗酒慰馀生。

时感用咽公韵柬同人

泽畔行吟独往还，江城月白水湾环。
一秋莫讶诗情恶，深巷尤惊血色斑。
举目不殊悲楚岫，披荆谁复叩秦关。
陆沉何处寻幽境，收拾雄心合买山。

量：量：量量：量：量：量：量量：量：量：量量量量：量：量：量：量：量：量：量：量量量

谢无量

谢无量（1884—1963），名大澄，号希范，别署啬庵，四川乐至县人，曾与马一浮创办翻译会社。民国初年进上海中华书局编书，后在东南大学、上海中国公学任教。抗战期间任四川大学中文系主任。著有《中国大文学史》《中国妇女文学史》。其诗喜引申道家之旨，运用入化，化衰飒为妍妙，变腐朽为神奇。亦得力于庄禅，清空妍妙。诗作甚多，惜未刊行。

雅安苍坪坐月和湄村

悄悄山开面，明明月替星。
暗芳深旧径，圆影半浮亭。
树密恬栖鹊，风回烁断萤。
嫦娥许平视，归步晚山青。

广　汉

近郭群鸦散，当村一犬哗。
断江流石浅，愁日傍云斜。
笋怒争抛箨，芦寒已著花。
西通关陇道，从古转征车。

咏物六首 选二

降落伞

作队狞龙战九霄，攀髯群从倚风招。
真成飞将从天降，羽盖高悬百尺绡。

广播电台

年年影年感诸方，狼藉人间百战场。
妙舌澜翻声不住，耳根圆处识行藏。

望岳，时衡阳未陷

湘波潋色照传烽，南国烟沉一望中。
朱夏岳雷摧禹篆，小戎天驷发秦风。
贾生感物新成赋，墨翟婴城未寝攻。
仙箓九疑无定格，真灵位业本人功。

青城山居杂题十七首 选三

（一）

空山绝涧少人行，雾气濛濛不见晴。
接果轻鼯风更落，徙枝高雀喜还惊。

（二）

古殿阴森雨似绳，道人缝衲鼠窥灯。
莫嫌寂寞龛中卧，犹有鼯鼬在上层。

（三）

阑暑新凉气胜春，山亭微月淡于银。
蜘蛛捷足先抛网，蝙蝠飞来不避人。

1940年

感 怀

猛雨催花日日残，河山垂泪发春寒。
少年忧世成狂疾，老至无能始达观。
何限猿虫随劫尽，等闲鹏鷃得天宽。
千秋扰攘凭谁问，袖手沧桑仔细看。

1946年

郭唐卿

郭唐卿（1884—1951），湖北汉阳人。曾参加侏儒地区农民运动，后从教。工五律。

无题杂咏

三间倾倒屋，借作读书堂。
雨过六经湿，风来四壁凉。
门前无俗客，柳外有渔郎。
戎马乡关日，堪为避世墙。

放眼隆冬候，忧思又万重。
寒衣悲戍远，饥岁苦年终。
道路盘查密，山村赋税空。
林鸦何瑟瑟，巢破复冰封。

1932年

郁 华

郁华（1884—1939），字曼佗，浙江富阳人，郁达夫之兄。早年就读于日本早稻田大学，民国初年任京师审判厅推事，1932年任上海江苏高等法院二分院刑庭庭长，兼东吴大学、法政大学教授。上海沦为孤岛后，为保护爱国人士被汉奸暗杀。柳亚子序其《静远堂诗集》云："富阳郁君曼陀独能守正弗挠，烈烈以死，谓非吾社（南社）之光荣哉！君诗才俊逸，尤擅绘事。"

感 事

坐拼世业付颓波，失势难辞醉尉呵。
剑外沉哀埋海岳，酒边流涕对山河。
负风已折垂天翼，照夜谁挥返日戈。
莫向东邻夸厚遇，城中赵李枉相过。

辛未中秋渤海舟中，时由沈阳亡归天津

忍见名城作战场，不辞接淅办严装。
橹楼灯火秋星碧，席帽烟尘海月黄。
正借长风谋急渡，暂偷馀息进颓觞。
眼前无限伤心事，哪有闲情忆故乡。

1931年

登千佛山示碧岑

塞上烟花惨不春，繁霜一夜遍关津。
晴迷絮帽齐烟淡，寒逼衣棱岳色新。
浩荡风沙千里目，低回旗辙百年人。
尽多感逝伤时意，说与君听倍怆神。

晓发天台国清寺至螺溪钓艇

每逢胜境便勾留，稳藉蓝舆作卧游。
画幛千林悬晚翠，风帘一桁破晴幽。
峰遮日角云低垂，石束山腰水倒流。
不信螺溪深百折，壑中藏得钓鱼舟。

1936年

秋　兴

画将瓯脱作偏安，江表旌旗袖手看。
飘忽百年成浩劫，苍茫六合此微官。
碧云疏树秋帘晓，白日层阴夏屋寒。
消受蒿街好风色，披衣强起一凭栏。

钱来苏

钱来苏（1884—1966），吉林梨树县人。"九一八"事变前，任东三省特别行政长官公署参议。"七七"事变后，辗转至陕西宜川，任国民党军第二战区司令长官部少将参事。1942年投奔延安，后任边区政府参议员。"在二战区时请缨不许，愤而为诗"。其乐府体《纳粮苦》《抽丁苦》描写国统区农民困苦无告的惨状，展示社会的众生相。到延安后，诗风转为简婉，间有标语口号化的弊端。有《钱来苏诗选》。

端 阳

客中今又遇端阳，百二河山阻路长。
为洗胡尘光禹甸，却怜村社罢蒲觞。
血花宛若榴花艳，肉雨争如梅雨狂。
乞借新丝千万缕，愿征人续命无疆。

1939年

抗战将士有仰屋之嗟，诗以志慨

报国何曾一念差，无端仰屋共兴嗟。
头颅已分填沟壑，薪米宁谋蓄室家。
金尽元戎空画饼，囊充主计硕如瓜。
从谁乞得诛贪剑，愿为三军斩佞邪。

1940年

予久居塞外，归来近十五年中日军兴，蒙疆半告沦陷，回首前尘，不胜愤慨

绝塞荒辽不见村，汉胡同幕化雠恩。

河翻怒浪惊雪吼，地卷狂飙挟石奔。

古堞凭山云作障，寒沙粘草月消痕。

频年不尽沦胥感，血战玄黄大漠昏。

1940年

秋林原上

秋林原上气萧然，冷雨催人马不前。

烽火频惊天地窄，晋秦交错齿唇连。

黄河浪逐愁千叠，紫塞防疏误百年。

安得干将化龙去，神州九点净浮烟。

1941年

周作人

周作人（1884—1968），字起孟，号知堂，浙江绍兴人。早年东渡日本就读法政大学。1917年聘为北京大学文科教授。创办《语丝》杂志。1937年滞留北京城内，后任伪北京大学文学院院长、教育总署督办。抗战胜利后被逮捕，出狱后从事翻译工作。早年旧体诗华赡绮艳。参加新文学运动，所作《小河》被誉为新诗杰作。后自创一体，名杂体诗。有《知堂杂诗抄》，今人补遗合编为《周作人诗全编笺注》。

偶作打油诗二首

（一）

前世出家今在家，不将袍子换袈裟。
街头终日听谈鬼，窗下通年学画蛇。
老去无端玩骨董，闲来随分种胡麻。
旁人若问其中意，请到寒斋吃苦茶。

（二）

半是儒家半释家，光头更不着袈裟。
中年意趣窗前草，外道生涯洞里蛇。
徒羡低头咬大蒜，未妨拍桌拾芝麻。
谈狐说鬼寻常事，只欠工夫吃讲茶。

1934年

苦茶庵打油诗 选三

（一）

禅林溜下无情思，正是沉阴欲雪天。

买得一条油炸鬼，惜无白粥下微盐。

（二）

日中偶作寒山梦，梦见寒山喝一声。

居士若知翻着袜，老僧何处作营生。

（三）

河水阴寒酒味酸，乡居况味不胜言。

开门偶共邻翁话，窥见庵中黑一团。

徐蕴华

徐蕴华（1884—1962），字小淑，别署双韵，浙江崇德（今属桐乡）人。徐自华之妹，林亮奇之妻。南社社员，曾任崇德女校、晚村小学校长。

湖楼夕眺

底处浮家似雪东？个中楼阁欲流虹。
抱堤秋水无边绿，挂塔斜阳分外红。
远到心期弥惨淡，竭来眼界转虚空。
镜清楼外峰如画，待敛诗情付夕枫。

陈树人

陈树人（1884—1948），广东番禺人。现代画坛"岭南三杰"之一。早年东渡日本，入京都美术学校绘事科，归国后历任国民政府侨务委员会委员长、国民党中央海外部部长。著有《战尘集》。诗风清雅淡朴。

木　棉

刻画红棉不易真，熊熊赤焰烧苍旻。
此花若肯夸雄丽，宇内群芳孰敢真？

1927年

本　无

本无海水有涛声，松籁因风彻耳清。
到此洗心才一遍，人间谁作不平鸣。

吴 梅

吴梅（1884—1939），字瞿安，号霜崖，江苏长洲（今苏州）人。早年名列南社，任东吴大学堂教习。1917年后，历任北京大学、东南大学、中央大学教授，著有《中国戏曲概论》《词学通论》等。学术词章兼擅，间亦作诗，自言得力于散原老人。著有《霜崖诗录》。

春夜口占

半规新月映窗纱，短榻孤檠每忆家。
咫尺云房路三曲，有谁来折玉梅花。

次东坡岁暮思归

阴雨既已来，方恨绸缪迟。
所谋苟不臧，驷马且难追。
蒿目对新亭，祸变知无涯。
安得一举手，还我雍熙时。
瘦狗无多血，饮尽亦不肥。
吾闻归客谈，语语令人悲。
积弱非一朝，呼天徒费词。
雄飞望诸公，拊髀嗟吾衰。

楼船横海至，一字排长蛇。

中流试邀击，张网无可遮。

邪许近十日，所得能几何。

大言空四海，难免下士哗。

吾虽号正平，愿弄渔阳挝。

微闻度陇师，宛转由褒斜。

合兵御外侮，努力勿蹉跎。

灭此作朝食，吾语容非夸。

自注：壬申新正，读东坡诗，时海上方苦战，风鹤传闻。

1932年2月11日

客有述天山北路之胜者，赋此

古道遮丛莽，奔流荡夕晖。

铢钱遗泽国，木简发蛮畿。

胡塔沦沙雪，穹庐隐堡矶。

河山信雄美，独惜汉家微。

杨树达

杨树达（1885—1956），字遇夫，号积微，湖南长沙人。近现代中国著名语言文字学家，"当世学者称先生为今日赤县神州训诂第一人"（陈寅恪语）。早年留学日本，归国后历任清华大学、湖南大学教授兼文法学院院长，中央研究院院士，湖南师范学院教授。在辰溪，与曾星笠、宗子威等结五溪诗社。著有《五溪诗稿》。刘腴深评其诗曰："不落窠臼，寓跌宕于流利之中，如写生家描画野服山衣，使人超俗。"

咏蝇拍

少有匡时志，无端老我儒。
平生疾恶意，赖汝一为舒。

蝇拍本拍蝇，蝇顾嬉其上。
拍无奈蝇何，默默看其飏。

1935年7月17日北平

避地辰溪示同学诸君

一堂曾几日，忽忽岁年过。
坐看山河碎，空馀涕泪多。
吴天宁乐祸，狂寇未投戈。
好树百年计，终期覆丑倭。

1938年11月

读《陈涉世家》

鱼腹丹文篝火呼，陈王张楚一何愚。
陇头鸿鹄真成帝，冰合蛇封一例书。

读《韩信传》

鸿门诮羽辞何厉，排闷非君事亦豪。
汉室几人能有此，淮阴底事耻同朝？

落 叶

荒林无径少人经，片片辞条寂可听。
运去难回春影绿，身枯犹恋故山青。
未妨贴地行双屐，犹忆因风送远馨。
三载有人成一叶，只惊玄昊太通灵。

1941年12月20日湖南辰溪

寿杨华一五十次肖聃韵

吾家博士人中杰，年到知非手一经。
鬓上未侵霜蕊白，眼中常泛岳痕青。
干戈暂阻行吟泽，风雨难忘爱晚亭。
世乱渐平归去得，南天长烂此明星。

1940年10月20日湖南辰溪

王疏庵和余诗语及梁任公师，怅触旧事，百感萦怀，依韵奉答

干戈遍地此身存，旧事樽前忍再论。
病骨未柔人已老，炊烟欲断道宁尊。
坐看腥膻污中土，惯听哀音赋北门。
梁木泰山同一哭，当年流涕写招魂。

1943年1月6日湖南辰溪

和啸苏论黄山谷诗

鹰隼盘空厉九秋，公诗天地已长留。
词工几阅炉中火，句险如行湍上舟。
少日声华惊宙合，吟人身世足烦忧。
心香一瓣吾低首，敢效前贤述作游。

偶 成

浮寄人间六十年，晚来胸次转陶然。

乾坤浩荡能容我，庭宇凄清自有天。

十顷澄潭明月上，千重危岭碧云悬。

还当抱膝终吾老，不效秦皇苦觅仙。

1945年10月12日辰溪

马叙伦

马叙伦（1885—1970），字夷初，号石屋，杭州仁和人。历任清华大学、北京大学教授，浙江第一师范校长，浙江教育厅长，教育部次长。1945年发起组织中国民主促进会。著有《说文解字六书疏证》《石屋馀沈》《读书续记》，有《寒香宧诗》。

入 山

牛背驱归急，遥知又一年。
远星疑火种，暮色乱炊痕。
投止刚逢寺，穷禅竟忘暾。
又冲寒雾去，回首失山门。

1934年

南京路遇乞客成群

大地龙蛇半，中原虎豹瞋。
人间唯鹜利，我辈独谈仁。
王道无他术，周邦命正新。
杜争须各足，绝乱必公身。

1936年

六月九日发杭州抵北平途中

车笛鸣时已断肠，回头伴我只斜阳。
斜阳抛我又归去，前路茫茫尽异乡。

乍见杨花贴地飞，还知风力不轻微。
吾生与汝原相类，行尽天涯总不归。

1936年

闻丰台再陷平津继陷

旧都朱邸一年红，辛苦丰台老树工。
何日重寻旧花埭，断红残碧泣西风。

1937年

即事三首 选一

砰硼声里万人惊，血肉齐飞百骸横。
孑馀自说家三口，父母全亡不愿生。

1937年

燐 火

燐火偏争赤日明，鹈鹕当昼肆妖声。

每闻盗跖谈仁义，为学夷吾止甲兵。

万里磷然疑纵火，千家巷哭欲崩城。

逃秦只是书生事，大业终期在耦耕。

1947年

李济深

　　李济深（1885—1959），广西苍梧人。1925年任国民革命军第四军军长，后任北伐军总参谋长。抗战时历任桂林行营主任，军事参议院院长。1940年与冯玉祥谋组中华民族革命同盟。每以诗写忧国之慨。

哀金陵

十年王气付风尘，几万雄师委敌人。
不是六军忘报国，输将敌忾向谁论。

1938年

国难抒怀

国难方殷寇正强，存亡续绝费商量。
可怜责任成虚负，到处游观没主张。
风景纵佳游兴减，江山依旧主无常。
应知巢覆无完卵，几度登临几断肠。

1938年

莫干山题壁

天风拂我若为容，立马名山第一峰。
回望竹深沉碧海，却疑松古化苍龙。
剑池飞瀑云围破，芦荡激流石罅冲。
最爱晴岚清绝处，层峦饮绿沁心胸。

感怀诗二首

（一）

堪叹中华被日凌，赧颜一味哭秦庭。
官家长策真难解，袖手何能看敌平。

（二）

失了华南我弃家，坚持抗战走天涯。
平台大捷曾歼寇，谁说神州是散沙。

1945年

李培甫

李培甫（1885—1975），重庆垫江人。清末东渡日本，谒中山先生。辛亥革命后返四川，致力于成渝两军政府的合作。后历任成都高师，四川大学，华西大学教授，讲授音韵文字。七律雄浑雅健，气象森严。林山腴赠诗云："高处更参迹外象，时流未解水中盐。"

腊月箕斗桥僧舍访夏斧私，时成公中学疏散于此

腊尾尖风压帽斜，酒怀诗思渺无涯。
倦听蜀苑穿云笛，来看僧寮破冻花。
绵蕝弦歌传弟子，丛祠香火赛田家。
笑君心计粗疏甚，不共山妻漫赌茶。

渡金马河

平沙无岸水横波，捩舵搴蓑唤渡河。
雨脚渐收风力薄，江原西上远山多。
严城旦夕愁兵燹，旅雁飞鸣邂尉罗。
试取蓍龟与觇国，夔门天险意云何？

周希武

周希武（1885—1928），字子扬，甘肃天水人。早年入甘肃陆军学堂，民国初年先后任甘肃省立第一中学教务长，凉州第四中学校长。后往西宁任职，过老鸦峡时中弹而亡。著有《仪顾堂诗文集》。其诗苍秀新警，逸趣流转。

浦口晚渡

万千星火点钟山，山下火城时往还。
摇橹却看来渡处，金光一片照江寒。

北　海

小渡舣舟秋树根，嵯峨梵宇寂无喧。
几重烟水隔人境，一朵皱云捧世尊。

过洛阳有感

细柳营边柳糁金，何人手植已成林。
高台依旧浮云散，故垒于今灌莽侵。
四战河山多暴骨，八方风雨总伤心。
龙门似有不平事，天外峨峨剑倚镡。

胡寄尘

胡寄尘（1885—1938）名怀琛，安徽泾县人。曾主办《神州日报》。著有《大江集》。工五古，颇有情致。

咏司的克 手杖

手中司的克，一掷飞为龙。
我便乘之去，泠然御长风。
瞬息几万里，已至沧溟东。
沧溟观日出，天地皆殷红。
须臾天地判，长空青濛濛。
浮云净渣滓，白日悬空中。
耳边无线电，琴瑟声玎琮。
眼底现银幕，来往人憧憧。
声色岂真有，闻见亦非空。
此理妙难说，譬解余已穷。

赁岩江湾左右, 瓜畦豆圃, 新秋晚凉, 虫声啾唧, 颇有故乡农庄风味, 偶成

豆圃瓜畦似故乡，农庄风味耐思量。
可怜儿女生城市，初见流萤喜欲狂。

南社二十周年纪念, 冒雨集于虎丘

一笑相逢盖欲倾，都言天雨胜天晴。
本来载酒寻诗客，只合拖泥带水行。
夷夏兴亡关此会，江山终古证吾盟。
龙门采作他年史，难写今朝浪漫情。

1929年

彭素民

彭素民（1885—1924），原名学干，字自珍，江西清江（今樟树市）人。早年就读两江师范。东渡日本，入同盟会。归国后曾主持江西党务。辛亥时，策动江西陆军测绘学校学生光复南昌。南京临时政府成立时，任总统府秘书。国民党一代会时当选为中常委兼宣传部长，改兼农民部长。积劳成疾，逝于广州。其诗气充格雅，情真辞朴。

寄内子刘与徒

大错谁能铸九州，好将心事付东流。
生常作客原如寄，死便埋名也自由。
满地莺花供放马，一江风浪纵虚舟。
南楼且听春消息，遮莫华年枉白头。

1920年

有 感

奕局迷离处，盘涡起落中，
功名付尘土，得失任鸡虫。
死草留痕碧，惊沙渍血红。
何如逐啼鸟，犹自笑东风。

辛际周

辛际周（1885—1957），字祥云，号心禅，灰木散人，江西万载人。辛弃疾之后裔。十八岁中举，入京师大学堂文科。后任江西第五师范学监，《民报》主笔。未几执教赣省中学。抗战时执教厦门大学，未久省志馆聘为总纂。其诗采涪翁之峭健，得后山之深婉，继陈散原、程学恂而起为大家。诗风恢诡莽苍，沉雄古峭。著有《灰木诗存》。

书愤二首

（一）

天意骄胡叵测知，忍教拔尽汉旌旗。
微闻棘灞陈儿戏，谁遣韩彭误会期。
食荐豕蛇欺上国，气收龙虎黯京师。
向来兴夏资戎旅，百万而今况拥貔。

（二）

寒齿须知为失唇，偶牵丝发动全身。
存亡难定归吴楚，肥瘠宁当视越秦。
国狗瘐能狂噬齿，池鱼殃恐及逡巡。
不应泣尽包胥血，犹欠援师出比邻。

和竹园中秋泛月

客里虚惊节序迁，输君幽兴酒盈船。
一轮寒玉山衔月，十里平奁水接天。
霄景微茫归眼底，秋心历乱入吟边。
京华依斗犹堪望，愁绝搀枪隐约悬。

雨夜孤坐，诗以自嘲

春光九十三之一，消尽檐前淅沥声。
破闷时凭茶当酒，游神直以卧为行。
荒唐眼底鱼龙戏，接构心中草木兵。
定力道人殊未定，虚惭廿载话平生。

所闻二首

（一）

阋墙召侮咎谁尸？孤注苍黄一掷时。
河朔虚攀回纥马，临淮自拥贺兰师。
九州铁铸真成错，一著棋输遂不支。
赖有人心犹未死，重来翘盼汉旌旗。

（二）

春光漏露几番新，叶底流莺巧蔽身。
浪说推心延国士，何图作赋属佳人。
戎机尽泄属垣耳，封事偷传入幕宾。
卖国不知荣几许，会言千载有传薪。

林伯渠

　　林伯渠（1885—1960），湖南临澧人。1913年二次革命时，任岳州要塞司令参谋，失败后被通缉，出走日本东京。抗战时任陕甘宁边区政府主席。1941年众诗人在蘑园延安交际处雅集时，他倡议成立怀安诗社，取"老者安之、少者怀之"之义。

长　征

　　刚过草地到巴阿，无那西风日未斜。
　　且喜境界新耳目，不虞粮秣少胡麻。
　　巨猿解缆技殊巧，野虻射人事可嗟。
　　前路纵遥知马力，谁予便利敢分家。

1935年8月经巴西阿西作

春游杂咏

　　一九四一年三月视察子长、安塞、保安等县，前后参观了铁工厂、织布厂、制革厂及造纸厂。

　　医寒送暖并疗饥，厂设农具与织机。
　　鼓动洪炉铸万汇，铁流滚滚就砂泥。

　　连绵三厂偎山河，织女如云投锦梭。
　　刮垢磨光鼎有革，马兰煮纸纤如罗。

出巡甘泉、鄜城、延川等县途中即景
七首 选二

茶坊新市场

翻新市集辟茶房，拥抱山川汇万商。
半面乡村风俗好，斜阳影里下牛羊。

早发高家哨

骏马坚冰踏洛河，纷纷瑞雪舞婆娑。
载途公草毛驴拥，觅食野禽陇亩多。
天意难知厄重耳，法轮无语笑荆轲。
群山皆冷心犹热，反着羔裘当薜萝。

延水集

目送征鸿远，秋笼延水深。
朱颜何可驻，华发漫相侵。
寰宇风云会，高台长短吟。
会文信有托，今古事同钦。

1942年

叶楚伧

叶楚伧（1886—1946），原名宗源，号卓书，江苏吴县人。早年入同盟会，与柳亚子、陈去病等开展南社活动。辛亥革命时投笔从军北伐，民国初年到上海办《民立报》《民国日报》。后往广州，历任国民党中执委秘书长，中央宣传部部长，江苏省主席，抗战后任苏浙皖三省京沪两市宣慰使。著有《世徽楼诗稿》《楚伧文存》。

庐山与练才

放眼空今古，群山若附庸。
苍松擎日隙，虚壑受云封。
桴鼓三军帅，庄严五老峰。
万流天际会，磅礴待神龙。

金陵杂咏 选一

万旌旗拥汉家营，莽荡中原未太平。
终是六朝金粉地，南城箫鼓北城兵。

赠剑华

心怀曲曲只灯知，坐卧无端总是痴。
秋不归家真负汝，贫如今我未工诗。
疏帘谁护惊风骨，好梦多成六月时。
自起空庭熬寂寞，报他遥夜苦相思。

朱　德

朱德（1886—1976），字玉阶，四川仪陇人。早年毕业于云南讲武堂，从蔡锷讨袁。驻泸州时，曾与四川名诗人赵尧生相与谈诗。1922年赴德国留学，加入中共。后在南昌创办军官教育团，参与发动南昌起义，率部上井冈山。历任工农红军一方面军总司令、八路军总指挥，解放战争时期任中国人民解放军总司令。著有《朱德诗选集》。

题笔架山云台寺

绝顶凭临眼底空，怒号戟影剑光红。
立马高冈遥注目，群山低首拜英雄。

在合江　1919年

太行春感

远望春光镇日阴，太行高耸气森森。
忠肝不洒中原泪，壮志坚持北伐心。
百战新师惊贼胆，三年苦斗献吾身。
从来燕赵多豪杰，驱逐倭儿共一樽。

1939年春

寄语蜀中父老

仗马太行侧，十月雪飞白。
战士仍衣单，夜夜杀倭贼。

1939年

出太行

一九四〇年五月，经洛阳去重庆谈判，中途返延安。是时抗
战紧急，内战又起，国人皆忧。

群峰壁立太行头，天险黄河一望收。
两岸烽烟红似火，此行当可慰同仇。

和董必武同志《三台即景》

初秋日暖看飞鸿，延水青山在眼中。
赤足渡河防骤雨，科头失帽遇狂风。
学生少有顽固派，教授多为中外通。
城郭成墟人杰在，同趋新厦话离衷。

1941年

赠友人

北华收复赖群雄，猛士如云唱大风。

自信挥戈能退日，河山依旧战旗红。

1941年

游南泥湾

一九四二年七月十日，与徐特立、谢觉哉、吴玉章、续范亭四老同游南泥湾。

纪念七七了，诸老各相邀。

战局虽紧张，休养不可少。

轻车出延安，共载有五老。

行行卅里铺，炎热颇烦躁。

远望树森森，清风生林表。

白浪满青山，绿叶栖黄鸟。

登临万花岭，一览群山小。

丛林蔽天日，人云多虎豹。

去年初到此，遍地皆荒草。

夜无宿营地，破窑亦难找。

今辟新市场，洞房满山腰。

平川种嘉禾，水田栽新稻。

屯田仅告成，战士相温饱。

农场牛羊肥，马兰造纸俏。

小憩陶宝峪，清流在怀抱。

诸老各尽欢，养生亦养脑。

熏风拂面来，有似江南好。

散步咏晚凉，明月挂树杪。

感事八首用杜甫《秋兴》诗韵 选三首

冀中战况

飒飒秋风透树林，燕山赵野阵云深。

河旁堡垒随波涌，塞上烽烟遍地阴。

国贼难逃千载骂，义师能奋万人心。

沧州战罢归来晚，闲眺滹沱听暮砧。

攻克石门

石门封锁太行山，勇士掀开指顾间。

尽灭全师收重镇，不教胡马返秦关。

攻坚战术开新面，久困人民动笑颜。

我党英雄真辈出，从兹不虑鬓毛斑。

1944年

寄南征诸将

南征诸将建奇功，胜算全操在掌中。
国贼军心惊落叶，雄师士气胜秋风。
独裁政体沉云黑，解放旌旗满地红。
锦绣河山收拾好，万民尽作主人翁。

1947年11月于冀中河间

李靖国

李靖国（1886—1924），字可亭，安徽合肥人。清末官候补知府，民国初年任参议院议员。有《宜春馆诗集》。工香奁体，深情绵邈。

秦淮杂诗

丁字帘前送晚潮，轻桡几度载红绡。
一声短笛催归去，凉月随人过画桥。

朱峙三

朱峙三（1886—1967），名继昌，湖北鄂州人。武昌起义时在湖北军政府内务部任书记官，继任蒲圻县长，后从教。亦工五律，精警工切，七绝清畅活脱。

薄暮闻钟

云气薄如纸，孤山淡远痕。
树高秋影瘦，人静涧声喧。
好景真成画，幽篁并作村。
疏钟度寒水，暖暖月黄昏。

癸亥中秋与同乡诸君福州西湖公园泛舟待月

干戈今满地，何处是桃源。
久觉闲中乐，重寻水上园。
海隅天气暖，秋仲绿阴繁。
宿鸟冲波起，邻舟笑语喧。

1923年

寒溪学堂夜半闻秋

闲阶积雨湿莓苔，月出风头镜面开。

夜半忽闻松子落，秋声如撼万山来。

1929年

黄　侃

　　黄侃（1886—1935），字季刚，号运甓，别号病禅，又号量守居士，湖北蕲春人。少年时东渡日本，师事章太炎研习音韵训诂。民国初年后，在北京大学教书，与《新青年》编辑发生冲突，南下往武昌高师，后聘为中央大学、金陵大学教授。其诗博采众家之长，出入魏晋至唐宋八代之间。有《黄季刚诗文钞》，陆宗达序其集，谓之"爱国志，民族魂，才人笔。"

行路难

长安城头落日黄，高树叶尽天欲霜。
此时孤雁更难去，使我登楼怀故乡。
故乡只隔吴江水，江南蓟北三千里。
十城荡荡九城空，大军过后生荆杞。
恸哭秋原一片声，谁人不起乱离情？
已知杀掠成常事，终羡共和是美名。
游氛蔽天关塞黑，易京留滞归不得。
谁令虎豹守天阍，坐见豺狼满中国。
酒尽歌阑无复陈，猿鸣鬼啸殊愁人。

书 愤

怵哭秋风忽一年，谁怜辽海陷腥膻。
力微难挽沉渊日，劫尽真逢倚杵天。
此夜苍涛掀大地，今时碣石抵穷边。
受生何苦依兹土，欲向蒲龛问宿缘。

1932年

牡 亡

牡亡谁为守关门，激矢蚊飞昼亦昏。
羞与深仇同日月，不妨孤注掷乾坤。
狐裘谋国三公哄，鼠穴容身四海奔。
太息神州倾覆后，犹持党局付儿孙。

1932年

莲谷晓望

宵栖绝壁下，凌晓得殊观。
朝暾出咸池，五色相绚灿。
霞光荡金轮，缪绕久不散。
彭蠡倒作天，洲溆布河汉。
云气联地维，晶光赫天半。
上下倘易所，正色互难判。

须臾氛埃寨，转觉山川换。

大姑何时来，如舟欲舣岸。

佛祠象舵楼，高塔作樯干。

化工擅奇巧，雕琢供娱玩。

物色穷仪图，无言独嗟叹。

幽赏今始逢，清晖萃朝旦。

1932年

游庐山作二首

（一）

北山馀霁雪，秀色霭云峰。

斜日下高阁，寒声入暝钟。

（二）

水碧不生浪，鱼藻皆游空。

千林没潭底，孤舟行镜中。

金陵秋兴八首用杜韵 选一

鲁戈难挽日西斜，沉醉孤吟送岁华。

圆缺莫凭修月斧，飞沉不系犯星槎。

惊看绝塞传宵燧，愁听危城起暮笳。

北渚西风最多事，吹残红藕又芦花。

乙亥九日

秋气侵怀正郁陶，兹辰更欲却登高。

应将丛菊沾双泪，漫藉清尊慰二毛。

西下阳乌偏灼灼，南来朔雁转嗷嗷。

神方不救群生厄，独佩萸囊空自劳。

1935年

董必武

董必武（1886—1975），湖北黄安人。1914年赴日本习法律。1921年出席中共"一大"。1931年赴中央苏区，任红军大学干部队政委。到延安后任中央党校校长，后任中共中央驻重庆代表。有《董必武诗选》。情词朴茂，律对谨严。毛泽东评价他"善五律"。

挽嘉义新四军通讯处涂罗十烈士遇害

荐食惊蛇豕，同肩国步难。
束枝犹惧折，分派竟相残。
法立玄为妙，冤沉碧不寒。
遥知嘉义镇，鬼哭白云端。

东邻凶狡甚，蓄意灭中华。
黩武知难恃，诱降计不差。
奸人生内哄，烈士付流沙。
我辈宜深省，毋资敌所夸。

1939年8月

答徐老延安赠别

山居感秋意，草木渐萧索。

独有松柏姿，青青向寥廓。

干挺不畏风，根深土嫌薄。

吸取无所限，到老犹磅礴。

高逸孺可钦，清标邈如鹤。

忧国心耿耿，夙夜求民瘼。

人世将巨变，吾华亦有作。

力拒豕蛇侵，欲去东邻恶。

阋墙不可再，巢覆当共愕。

同心可断金，首要重然诺。

延水流潺湲，嘉岭足堪托。

政行三三制，防守倚卫霍。

驱车从此别，巴渝暂栖泊。

口舌倘可用，相期保謇谔。

1940年10月

过劳山寄延安诸同志

浅黄深碧杂丛红，映日秋山到眼中。

结辇同驰随去雁，离人北望逐飞鸿。

亦知此别寻常事，总觉难言隐曲衷。

今夜鄜州看明月，得无清皎与延同。

1940年10月

忆北山菊

北山有佳菊，经霜犹自华。
隐秀蕴幽芬，淡逸影垂斜。
移植东篱下，防冻护根芽。
置之温室中，含苞绽金霞。
深山任自然，不免风雪加。
花残枝虽傲，所损毋乃奢。

赋怀安诗社

韵事曾传九老图，东都无警亦无忧。
而今四海皆烽火，酬唱怀安古意浮。

1941年在重庆

中秋望月

秋月光如水，今宵分外明。
太清云不滓，永夜露无声。
仰望莫能及，徘徊有所萦。
南征诸将士，对此若何情？

1947年9月

闻杜斌丞先生在西安遇害，为长句吊之

一九四七年十月十二日夜，时客温塘

大颡虬髯骨相奇，胸罗武库是吾师。

共推国士谋能断，屡作罪言安复危。

当路芳兰宁有幸，噬人瘦狗竟无知。

秋风惨淡西安市，万户伤心泪暗垂。

熊瑾玎

熊瑾玎（1886—1973），原名泰儒，又名佑吾，湖南长沙县人。1927年加入中共后，先后在湖北省委、上海党中央机关工作。历任湘鄂西红区工农革命政府宣教部长兼秘书长，《新华日报》总经理，解放区救济总会副秘书长。

整　容

堂堂容貌偶加修，更见轩昂气不侔①。
狱里朱颜犹可驻，闺中少妇复何愁？
命逢乖舛心翻快，厄到囹圄体转遒。
八载光阴如一瞬，黄花有色壮深秋。

自注①：牢监剃头，很不容易，几个月轮不到一次。这次由大牢监引来一个罪犯理发匠，才给我很好地剃了一次头。

1933年12月

览物，为"皖南事变"作

地冻天寒日，何当览物华。
严霜催嫩叶，急雨堕新芽。
月殿浮云暗，峰峦瘴气遮。
平生不下泪，于此泪偏奢。

1941年1月18日

傅 常

傅常（1887—1946），号真吾，四川潼南人。早年加入同盟会，民国初年参加蔡锷领导的护国军。后来成为刘湘部下，任二十一军参谋长。抗战时任第七战区总司令部参谋长。国民政府军事委员会重庆行营参谋长，1945年当选为第四届国民参政会参政员，1946年7月退役，10月病故。著有《足常乐斋诗草》《蔼园诗草》。诗风萧散，不掩忧愤心声。

西山村舍杂诗

紫桂月中村，胡为植青门？
八月秋风生，遵时护其根。
灼灼金玉花，天地为氤氲。
愿以高洁心，奉此清秋魂。

双桥连断岩，盘旋上巅顶。
险处不回车，高原任驰骋。
红影入雷痕，寒侵在裳冷。
凛然天地心，君子以修省。

秋日杂述八首 选一

藜花红衬锦城秋，短角寒声咽戍楼。

未信五华盟玉斧，偏传三岛献金瓯。

西山霜霰侵薇蕨，北地风云付冕旒。

梦冷莼鲈不归去，弹冠谁与建神州？

落 日

落日江天迥，孤云水上悬。

僧归竹林寺，鸦趁夕阳烟。

朔客传边警，时贤奖霸权。

纷纷何所定，空羡钓鱼船。

宋式鬵

宋式鬵（1887—1975），湖南长沙人。早年留学日本士官学校，后赴德国留学，获哲学、化学博士。历任南昌总司令部少将参议，南京军政部兵工署副署长，上海兵工厂厂长，陆军大学编译处主任。

金陵怀古八首 选二

（一）

降幡一片石城头，寂寂寒潮故国秋。
南渡衣冠多饮恨，吴宫花草总埋愁。
剧怜王谢堂前燕，闲羡江湖水上鸥。
脂粉秦淮流涨腻，金陵不是帝王洲。

（二）

白头安石自逶迤，相见江南三六陂。
满圃荻花老秋色，一祠梧树据吟枝。
霜天傲菊香犹在，雪意冲梅志不移。
幸有琳琅万事足，几回搔首望星垂。

1934年秋

刘永济

刘永济（1887—1966），字弘度，湖南新宁人。1916年毕业于清华大学语文系。历任长沙中学教师，沈阳东北大学教授，武昌武汉大学教授兼文学院院长。著有《云巢诗存》。其七古近于韩昌黎，妥贴排奡有气势；五古叙事兼及巨细，议论穷发幽奥，极富思致。律句大多语语精警，篇篇整炼。写抗战内容，尤其沉痛悲愤。伤时忧世，百感汇于笔端。凝重高华，在元遗山、陆放翁之间。

奉酬天闵乐山见怀长句

一落南天事事休，矮窗暝坐等诗囚。
暗惊入郢谣成谶，岂定亡曹鬼预谋。
万里乾坤流转尽，百年身世涕洟稠。
遥怜西蜀山川美，杜老吟多应白头。

梅　树

梅树惊春在，冲寒自作花。
雾中偏的皪，竹外忽横斜。
渐觉吟情好，还伤江路赊。
东湖旧时月，凄绝虏营笳。

书 愤

空悬愤眼子胥门，已逼惊烽汉女村。
社鼠不神狐鬼跳，沐猴自贵鼓钲喧。
输军给食无长算，絷马埋轮枉掷魂。
莫倚天民得天助，试看禹迹几州存。

甲申立春

年华似水去无声，忧患如山未可平。
岂有异才医国活，只怜痴计畏天倾。
沉沉北斗横空转，草草东风取次生。
尚与鸟乌同觅食，锄耰幸莫负催耕。

1944年

汪国垣

汪国垣（1887—1966），字辟疆，号方湖、笠园、展庵，江西彭泽人。宣统元年（1909）入京师大学堂。毕业后历任南昌心远中学教员，心远大学教授，改聘第四中山大学（后改名中央大学）教授。中央大学迁重庆，任中文系主任，并为国史馆修纂。自言学诗途径"首在寝馈玉溪（李商隐），以挹其绵远之韵，继在诵法杜韩，以见其骨律之坚苍、胸怀之超脱，终在细玩荆公、山谷，以求其体势之变化、措语之清拔。"著有《汪辟疆文集》，其诗苍秀明润，具奥折盘屈之体势，蕴疏朗清挺之高致。

秋思八首和证刚 选二

（一）

霜叶吹红满故林，梦中风物亦萧森。
岂知二载无家别，不息千寻恶木阴。
睇笑难倾江海泪，艰危不拔卷葹心。
把君《秋思》吟千遍，起我悲怀抵暮砧。

（二）

海门寒日澹无晖，论判荆凡早见微。
力已难胜穿鲁缟，人皆可用尽依飞。
不辞茹苦随年换，莫叹佳期与愿违。
他日神弦崇报祀，蕨芽春笋荐初肥。

禊集沙坪，证刚未至

抛书永日听淙淙，挟梦留春意未降。
对景已无愁可被，拈题各有笔能扛。
游丝堕地疏穿户，高柳排天青入窗。
细味脍甜莼滑句，闭门惟有李才江。

1941年

园中杂植花木数本，娟楚有致，各系一诗 二首

（一）

破鼻留春不自持，横钗数朵恰花时。
阑风伏雨真无赖，犹点春归一段奇。

（荼藦）

（二）

郁郁芬芬世所珍，淡红深白自宜人，
洛阳曾识欧家碧，又睹乡园第四春。

（牡丹、芍药）

与柳翼谋谈世局而中夜不寐

筛光林影误窗明，起听荒鸡远近声。

四塞冻云天似漆，空怜向晓此时情。

咏落日

衔山光景异高悬，谁道长河落日圆。

弄暝尚难甘寂寞，烧云犹可彻中边。

看翻东海横流水，正展西球欲曙天。

观象已知兴废事，不须重演辨亡篇。

郑桐荪

郑桐荪（1887—1963），字之蕃，江苏吴江人。毕业于美国康奈尔大学，归国后任清华大学数学系教授，系主任，后为西南联大教授。著有《宋词简评》《微分方程初步》。诗有轩爽之清气、腾骞之骨力。

居庸关纪游

边城叠嶂起亭皋，楚客登临兴倍豪。
地近关门惊势陡，云横眼底觉身高。
长驱朔漠秦威远，北戍居延汉将劳。
几辈英雄猿鹤化，漫寻呜咽水磨刀。

1923年

除　夕

累卵如何策万全，忍看急景又残年。
坚兵未遏西秦暴，放论犹传东晋玄。
斗室有朋来证道，千山飞梦乱愁眠。
汉家威武今安在？读史徒怀卫霍贤。

1940年2月7日昆明

胡梓方

　　胡朝梁（1887—1921），字梓方，江西铅山县人。早岁毕业于江南水师学堂，先后任教两江师范学堂，震旦、复旦二校。受聘中国公学教英文，曾为胡适改诗。民国初年入徐又铮幕府，为部曹小官，晚年屏迹学佛。著有《诗庐诗存》稿本。以陈三立为师，远宗黄庭坚、陈师道，梅尧臣等。诗风瘦硬兀傲，句法拗折峻峭。汪辟疆诗云："吾子吐佳句，意与古贤配。理弦三五弹，泠泠非俗爱。又如振霜钟，清响度林外"（《寄赠胡梓方》）。然又以为其书卷气不多，惜未能尽其变化。

岁暮杂诗

黄犬汝何来，毋亦为饥驱。

瘦骨托馋吻，首尾才尺馀。

灶姬鞭逐之，忍痛声呜呜。

无已听其饿，饿不出庖厨。

邻家小花犬，短鼻气象粗。

遣童抱送来，举室争迎呼。

喜新益薄故，有食不得俱。

黄犬当门卧，终日腹空虚。

花犬饱食去，曾不少恋余。

物情不可测，爱憎空纷如。

赠温叟

非诗能穷人，人穷乃工诗。

非诗能瘦人，人瘦与诗宜。

君遇如我穷，而诗远过之。

君貌比我丰，而诗有瘦姿。

貌瘦人所惊，诗瘦知者希。

君吟日益苦，君貌日益肥。

我貌日益瘦，我吟日益悲。

问君观我诗，瘦可甚昔时。

泛黄海作

是乃百川所汇水，波涛突兀鲸纵横。

去天不可以咫尺，到此真堪托死生。

逢人都在乱离后，非我独为江海行。

只恨艳阳二三月，有田负郭不归耕。

中秋邀月

平生寡所欢，世事任抛掷。

谁欤客中亲？只有江南月。

月色秋愈新，赖尔照心迹。

如何团圞姿？而独负此夕。

人生便久长，此夕难逾百。

瞥眼三四秋，江头空咄咄。

不恨月无光，但恨云无隙。

昨宵纤云开，四望浩一碧。

又看晨曦微，苍苍变为白。

美景恐难并，重为良辰惜。

诗成静焚香，更扫阶前石。

月兮尔能来，延尔为上客。

柳亚子

柳亚子（1887—1958），原名慰高，号安如，号亚如，又更名弃疾，号亚子，江苏吴江县人。发起成立南社。民国临时政府成立，任大总统府秘书，因病返上海。先后在《天铎报》《民声日报》《太平洋报》任编辑。白话诗兴起，初持反对态度："文学革命所革当在理想，不在形式。形式宜旧，理想宜新。"五四运动后思想逐渐左倾，崇拜列宁，自署"李宁私淑弟子"。1923年10月发起成立新南社。"四一二"政变时东渡日本。后归上海。著有《磨剑室诗集》《文集》等。陈声聪评价说："其诗在旧体中有所解放，有所创新，但仍不失其体制与典丽，迅猛荡决，横绝六合，多抵掌江山、怆怀烈士之作，激昂慷慨，击碎唾壶，即其寻常游览、题画酬句，亦常有努目金刚、拔剑相向之概。"（《兼于阁诗话》）

黄花岗谒廖仲恺先生墓

乱草斜阳哭墓门，从知人世有烦冤。
风云已尽年时气，涕泪难干袖底痕。
何止成名嗤阮籍，最怜作贼是王敦。
匹夫横议谁能谅，地下应招未死魂。

1926年4月

东渡舟中即事一首

万里蓬山一发青，自携琴剑涉沧溟。

年时无复飞腾意，愁听鱼龙怒吼声。

1927年5月

存殁口号五首　选一

神烈峰头墓青青，湘南赤帜正纵横。

人间毁誉原休问，并世支那两列宁。

1929年

晓出涌金门观湖中诸山放云

宿露未干人初起，芒鞋稳踏晓烟里。

湖光约略迎面来，微风拂面凉似水。

举头不见湖山青，翁然但觉云冥冥。

满湖都是云烟隔，是山是云谁能分。

烟云复杂山更沓，何处缥缈疏钟声。

山吐云耶云含山，苍茫无际失飞鹰。

云山重叠两不平，云烟合并气氤氲。

云中之山尚难辨，何况欲辨烟中云。

我观此境其奇幻，伫立徘徊独凝盼。

日出烟消云亦散，须臾复见青山面。

1931年

十二月九日日寇突袭香港，晨从九龙渡海有作

芦中亡士气犹哗，一叶扁舟逐浪花。

匝岁羁魂宋台石，连宵乡梦洞庭茶。

轰轰炮火惩倭寇，落落乾坤复汉家。

挈妇将雏宁失计？红妆季布更清华。

1941年

感事呈毛主席

开天辟地君真健，说项依刘我大难。

夺席谈经非五鹿，无车弹铗怨冯驩。

头颅早悔平生贱，肝胆宁忘一寸丹。

安得南征驰捷报，分湖便是子陵滩。

1949年3月

刘景堂

刘景堂（1887—1963），广东番禺人。到香港后，任华文署文案。著有《沧海楼诗》。学贾岛、杜牧、李商隐，华美富赡，凄婉动人。但因生活狭隘，往往伤愁多感而内容空虚。

采莲曲

采莲最好采莲花，采得莲花归泡茶。
双桨不知愁日暮，烟波深处是侬家。
采莲不若采莲藕，藕断长留丝在手。
西风一夜满陂塘，绿鬓红颜争似旧。

1919年

杨令茀

杨令茀（1887—1979），女，江苏无锡人。寓北京时从林纾、陈师曾学画，从樊增祥、丁传靖学诗，后侨居美国。有《山高水长集》。

秋草四律 选二

（一）

络纬悲吟塞草根，贝加湖畔望青门。
紫台不绝明驼迹，荒冢难招汉女魂。
肃气西来棋可卜，春风南浦梦犹温。
汀兰岸芷青青色，并付秋心化泪痕。

（二）

离离原上冷清霜，风偃蒹葭败叶黄。
剔藓篱边闻蟋蟀，眠茵石径见群羊。
纵横铁骑蚁封阵，摇曳银沙鹿逐场。
千载霸图同腐草，杀青往事太悲凉。

潜庐感旧

碧油门外咽悲蛩，凉露娟娟下刺桐。
爆竹宵燃疑护月，菊英晨煮忆防风。
喑喑佛龛沉檀歇，寂寂长廊药火红。
肠断并刀分饼日，人天万劫恨难终。

叠叠峰峦护草庐，拂墙新绿雨馀初。
厨娘扫叶烹新蛤，樵客敲门供异蔬。
珍重朱樱驱鸟雀，低垂碧网振渊鱼。
红蕉花发凉秋晚，唤取铜盘承露珠。

邵瑞彭

邵瑞彭（1888—1938），字次公，浙江淳安人。南社社员。历任众议院议员，临时参政院参政，北京大学、河南大学教授。有《扬荷集》《山禽馀响》。

沽上别章行严即送欧洲

花时送客伤心易，乱世怀才徇俗难。
九万里风吹海立，不须辛苦望长安。

几辈相哀各自怜，一时急泪落君前。
归期倘及樱桃雨，定许风光似昔年。

陈隆恪

陈隆恪（1888—1956），字彦和，江西修水人，陈三立次子。毕业于东京帝大财商系。先后从事财会、铁路工作。建国后任上海文物管理委员会委员。论诗以为"腹中游刃须文彩，质外镂冰贵性情"。著有《同照阁诗钞》。其诗峭丽雅炼，而意理气格稍逊乃父。

雨夜枕上作

山昏缥缈结云平，裁作残宵一片声。
壁蘸天光明破碎，枕凉夜气伏纵横。
微鼾初殉茫茫世，信宿都迷窈窈情。
鸡唱蛙鸣扶梦醒，独擎肝膈养虚清。

1918年

雨霁俞园楼坐

寄愁穷巷鬓毛催，括眼新晴又一回。
蛛网挂风凉几榻，蛙声收雨湿楼台。
林光压岸涟漪净，人气呵山沆瀣开。
侍杖偶然登眺久，流天箛吹且衔杯。

积雪夜倚窗望月作

石屋沉虚籁，孤灯焰亦柔。

月扶山雾醒，天触雪光流。

倦影凭枯木，闲愁滕一瓯。

窥窗禅寂冻，独拥世同休。

1929年

月夜侍大人泛湖步白堤断桥间

老父神充起病初，清光写影出湖庐。

扁舟破睡群峰起，孤月依人万籁虚。

灭烛楼台悬绝壁，夹堤榆柳让奔车。

更深水浅惊鱼跃，应有凉风扫院除。

1926年

十九日驱车海宁观潮

放晴心引海宁潮，坐领苍茫塔影摇。

铁骑千军腾虎啸，天衣一缝合鲛绡。

撼山气挟鱼龙逞，触岸声穿雪霰销。

过眼已深沉陆恸，惭窥海客碧眼骄。

1926年

岁 暮

岁尊天寒急景催，寇深兵隙又归来。

依依松柏含情老，历历山河入梦哀。

一息因循迷杖履，故人零落掩蒿莱。

神州自有挥戈手，忍待胡僧话劫灰。

1937年

得六弟书感赋

温梦千行泪，埋忧万古愁。

干戈分投命，皮骨起迎秋。

推食羁秦赘，悬家尽楚囚。

却欣浮海客，铅椠去神州。

自注：闻六弟将往英国应牛津大学之聘。

1937年

八月十日闻日本乞降喜赋

爆竹惊苏庑下魂，乞降飞讯破黄昏。

沾裳涕泪悬家祭，避地形骸负国恩。

三户亡秦陵谷变，八年思汉了遗尊。

枯杨休忘生稊日，元气长蟠万古根。

1945年

十月二十一日侍大人自沪入牯岭新居

攀跻侍杖履，接影扑晴抱。

山空猿鹤吟，径转龙蛇绕。

松风答泉响，为报入山好。

欣驱婉娈情，暖翩同归鸟。

世变迫须眉，承欢留一爪。

追踪叩东篱，结想凌缥缈。

岁寒无妍姿，幽境出心造。

依稀万象牵，稚女迎窈窕。

盐齑忍苟安，松柏默自保。

一庐笑语私，恍觉天地小。

髡枝胶冥漠，云生岩壑饱。

远挟车马喧，坐付寒籁扫。

围炉进一觞，顾盼烽燧表。

1929年

王有兰

王有兰（1888—1962），号孟迪，江西兴国人。早年毕业于日本中央大学法科，加入同盟会。归任江西内务司长，后为广东军政府行政部长。三十年代两任赣州督察专员，后任省参议会副议长。后赴台湾。其诗清幽沉著。

蓼溪泛舟

秋水浅渔梁，秋风送暮凉。
雨来山势重，滩急榜人忙。
岸远疑林动，洲低觉草香。
忽然明晚霁，无语对斜阳。

神龙潭 选二

（一）

山蔌菰米一肩挑，闲拾枯枝带叶烧。
猿鸟何须问宾主，清泉白石肯相邀。

（二）

乘曦戴月往来频，扫石留题不记名。
清不濯缨惟濯足，振衣千仞看红尘。

璪述 选二

（一）

柱史青牛逝，驮经白马还。
凤兮德未衰，景袄义非参。
泱泱大国风，咀华英缬含。
狐禅枉被诮，虎穴险愈探。
儒术嬴秦后，谬托非真颜。
于性与天道，夫子所不谈。
礼运大同篇，治术见一斑。
唯性尊本能，荡检逾大闲。
悠悠杞人忧，落落甘痴顽。

（二）

争为万有父，强善弱即恶。

希氏导之源①，尼采扬其浊。

竞存岂不美，正义应有托。

天地本好生，贵强而不虐。

高卑情绪论，阿物恣享乐②。

人命哀虫沙，天性叹凉薄。

创造新超我，扬弃旧糟粕。

何如体兼用，仁爱博而约。

毋徒炫舶来，怀哉吾玉璞。

自注：①希拉克利泰倡变化永为相争者之调和说，远在西历纪元前
四七〇年。②阿物，意译为本能迈进方，详佛罗特唯性主
义之说。

胡光炜

　　胡光炜（1888—1962），字小石，号夏庐，原籍浙江嘉兴，生于南京。青年时入两江师范学堂习生物学，毕业后历任北京女高师、东南大学、金陵大学教授，中央大学文学院院长。其诗得沈曾植之瘦硬、李瑞清之清隽、陈三立之镵刻，崛健而具盘屈之势。钱仲联说他"玄思窈想，百煅千炼，伯沆外无敌手也"（《近百年点将录》）。

不　寐

　　林乌声断夜沉沉，人事难量海浅深。
　　不寐开帘对残月，余光犹许照孤心。

秋　声

　　谡谡山楼荡夜哀，西风如虎一徘徊。
　　庭楸江柳从吹尽，莫遣秋声到耳来。

岳麓山中

　　独向深山深处行，道人拥帚笑相迎。
　　清丝流管浑抛却，来听山中扫叶声。

移 蕉

数寸芭蕉初种时，移栽今日不胜悲。
薄身纵是禁风雨，浮世无如有别离。
作佩赠人输薜芷，拔心祝汝类卷蔬。
天荒地老孤根在，分付墙阴好护持。

台儿庄大捷书喜

乍有山东捷，腾欢奋九州。
不缘诛失律，安得断横流。
淮涘屏藩固，风堆早晚收。
低徊思白羽，一写旅人忧。

闻 柝

儿时喜寒柝，伴我读书声。
漂荡今头白，崩腾寇未平。
巴山才一夜，京国正三更。
无恙城南月，宵宵奈独行。

后苦热

赤曦沸江金石流，渝州八月如火州。
防空铁鸟那足惧，蚊矛蚁戟横清秋。
河朔战士血雨草，六街苦募寒衣早。
汗肤仰鼻呼苍穹，幸回此热留御冬。

陈中凡

陈中凡（1888—1982），江苏盐城人。毕业于北京大学，历任东南大学、金陵大学教授。曾向赵熙、陈衍等前辈诗人请教。著有《清晖集》《待旦集》。

冬夜感怀

山馆春迟夜漏长，惊传鼓角感兴亡。
窥人赖有天涯月，点鬓频添塞上霜。
才短宁容忘国恤，居危枉笑富诗章。
漫漫世宙何时旦，杳杳鸡声望八荒。

1931年12月

晤蔡廷锴将军口占奉赠

眼前磊落几人豪，莽莽神州起怒涛。
国老齐临谋却虏，将军何日赋同袍？
早容黄鹤冲霄汉，岂待哀鸿彻夜号。
四海于今咸拭目，会看引手斩鲸鳌。

1937年

闻日寇败退

从来好胜愿终违，海澨惊传一弹飞。

戎马八年随逝水，河山百战剩斜晖。

盈廷金壬俦堪恃，极目汙莱胡不归？

一轨同风成泡影，伯图梦里尚依稀。

　　　　　　　　　1945年秋

杜斌杰

杜斌杰（1888—1947），陕西米脂人。1917年毕业于北京高等师范学校，曾任中共陕西省委秘书长。抗战后民盟中央常委。1947年被害。

牢中慰问同难王菊人同志

国有正多难，南冠到此城。
望门思张俭，慷慨感侯生。
我志非石转，君心比月明。
衷怀诚怛怛，自足慰吾情。

安讷如

安讷如（1888—1966），山东日照县人。山东沦陷后，蓄须隐居，不事敌伪。其诗崇性灵，倡豪放，反对堆砌，力主自然。

题邹一桂画古树图

杈桠老树出霜根，乱石危崖怯客魂。
不与群生同长养，别邀天地有寒温。

寒 食

东风料峭动游思，正是人家祭墓时。
何处纸钱烧不尽，飞来挂在野棠枝。

八月七日大风雨中作

云峰连海起，咫尺欲全迷。
雨急横窗乱，风狂压树低。
惊心人不寐，绕屋水成溪。
禾黍争收日，忧怀问夏畦。

沈其光

沈其光（1888—1970），号瘦东，上海青浦人。著有《瘦东诗存》。诗风宛畅自在。

见窗间蝇虎捕蝇感而有作

虎口馀生圣得知，一蝇垂死尚相持。
虫天劫运何时了，蜗角中间有伏尸。

王永清

王永清（1888—1944），字海帆，甘肃陇西人。宣统元年
（1910）考取优贡，庚戌朝考，以参军分陕西补用。入民国，
历任化平县长，甘肃省通志局分纂，甘肃省府秘书主任。著有
《梧桐百尺楼诗集》。其诗宕开奇境，豪迈俊爽，似不经意而
中具法度。

赤亭怀古

怀愍失纲晋业空，胡儿睥睨啸城东。
酿成浩劫谁能挽，从此夕阳遂不红。
绿草春添千嶂雨，赤崖夜起六朝风。
停骖莫漫悲前事，治乱枢机今古同。

注：赤亭在城东三十里渭河北

1923年

战后途中

落日关山道，秋风战马嘶。
昼行惟见鸟，夜尽不闻鸡。
冷月悬空垒，荒云锁大堤。
近乡情更怯，欲问转踟蹰。

1926年

山行即事

早起过山头，云横不让走。

策马冲云行，和云吞之口。

山云忽不分，蓊然混马首。

云与人争路，奔前复随后。

马踏云万重，破碎恣躏蹂。

须臾落前川，豁然见新柳。

红日漾璀璨，黄犊方吃亩。

花傍马头明，山从天外陡。

午饭熟鸡声，欣然沽村酒。

1932年

东门即事

山势仍终古，城非故国城。

不知城上月，可及古时明。

风紧扶鸦起，云开让雁行。

桥头好夕照，独立战秋声。

1934年

雨后登城

此地朱明控陇秦，只今鼙鼓又扬尘。
风声狂荡如流寇，山色凄凉似病人。
气冷地干前岁草，花迟天勒闰年春。
谁知三月边城路，黄柳烟含雨后颦。

1935年

忆　家

年来踪迹逐飞鸿，橐笔犹然道路中。
堡外人归怜暮影，天边雨过挂长虹。
云垂大野鹰盘草，地敞平原马啸风。
忽道家山兵祸亟，挥戈何处起英雄。

1936年

感事二首

（一）

祁连山畔月如弓，大将初成汗马功。
五百雌儿牵海上，一千降卒坑城东。

（二）

须知事本分成败，其奈民能辨黑红。

昨夜荒村闻父老，川原夜夜起悲风。

自注：少年妇女五百余名，送之青海。降卒千余，年皆少，一夜坑
杀之城东校场侧。民呼官军为黑军。

呜咽黑河起怒涛，西来天远塞云高。

一兵足了十家产，再割何须三尺高。

毛已刮完馀龟背，债方算尽号羊羔。

焉支山下斜阳好，沦胥伤心谁过劳？

自注：民最苦抓逃兵一事，展转株连，有勒洋二三千者。军人贷民
每元月息三元，号羊羔债，愆期则妇女、牛羊唯所取。

1937年

同陈铁生登镇远楼话时事

与子相将上戍楼，何堪风雨满神州。

千山隐隐云遮目，万木萧萧叶打头。

观国终知声大夏，倚栏今见气横秋。

中朝人物君能记，可有夷吾第一流？

1937年

将赴金积，践子寅主席约

虎口居然能脱生，殉官谁看毁家情？
折磨未餍苍苍意，人向冰天跃马行。

1934年

出金积东门见柳

边城风力劲如刀，三月犹难脱旧袍。
何日东门门外柳，春风偷换去年条。

王 易

王易（1889—1956），字晓湘，号简庵，江西南昌人。少时随父宦居中州封丘县，与其弟王浩并有诗名。尝合刊《南州二王词》，人称"南州二王，麟凤景星"。入河南省立高等医学堂，旋入京师大学堂。毕业后执教心远大学，后在中央大学为教授。抗战初返赣，中正大学创立于泰和县杏岭，出任文史系主任，后为文学院院长。其诗源自黄山谷、陈简斋。风高骨峻，笔法纵横，真气内充，以古厚寓雄宕，有桓桓大将之气概。钱仲联《点将录》谓其为江西诗派之护法神。有《师厚斋诗稿》，惜已佚。著有《国学概论》、《修辞学通诠》、《乐府通论》、《词曲史》。

甲戌上巳北湖禊集分韵

扶头鲁酒笑无为，点鬓吴霜悟有涯。
三日园林集裙屐，五风芬郁照沦漪。
自非落落枚乘笔，对此汪汪叔度陂。
千古新亭流恨水，危阑烟柳苦低垂。

1934年

浔阳共彭晓山话旧，因念吟潭感赠晓山

为念湘阴老居士，安心无地只逃禅。
行藏草草真成梦，云树沉沉各一天。
夜雨秋池留此夕，松风琴韵忆当年。
蓬蒿羡子能高卧，苦我犹矜泊宅编。

别匡庐

弦歌不掩鼓鼙声，郐曲空山念此行。
梦泊乡园三径冷，愁飞鬓角二毛生。
藏书倘幸逃秦劫，压境终忧坏鲁城。
一事且酬西笑意，万峰琼玉照窗明。

春尽日野望

接天青碧绣崚嶒，骀荡芳韶醉不胜。
生事一春销药里，年光百计误藜灯。
破愁但以吟为槊，感旧从教泪作衣。
袖却承明挥翰手，溪山杖策我犹能。

感怀答步曾兼寄仲詹、石军

汉家陵阙绝音尘，万井烟芜雉亦驯。
桃梗已输河上土，梅花空作岭头春。
西台有涕挥皋羽，吴市何心托子真。
漫忆小园芳草绿，收京犹得月重轮。

七夕风雨遣兴

江海风波惜此生，长歌清酌谢尘缨。
匏瓜无匹原非恨，纨扇初捐尚有情。
讵可团圞傲新月，稍怜啜泣助秋声。
汉皋玉佩高唐雨，一例人天误旧盟。

来澄江一年矣，追念袁山，偶成二章 选一

十幅蒲帆上暮江，二年云木照疏窗。
自非臣朔饥难死，便使奴星气已降。
万里鸿嗷歌怨咽，三秋蚁穴梦纷庞。
乌衣门巷人谁识，孤负春来燕子双。

和陈孝威将军赠美国罗斯福总统

天门逸荡飞严霜，　虔刘百族无莠良。

西欧东亚虎与狼，　各试利吻恣残伤。

喋血万里凶焰张，　人道灭绝同洪荒。

天听天视宁聋盲，　呼吁未由通帝乡。

至人达德方当阳，　欲挽浩劫还休祥。

援以巨手出沸汤，　齐华盛顿超林康。

吾华郅治垂炎黄，　群生乐业安耕桑。

继绝举废来冠裳，　大国之风诚泱泱。

蠢尔东夷侵我疆，　理不可喻力可当。

四百兆众咸激昂，　耿耿精忠我武扬。

良朋相望介两洋，　雄武自足维纪纲。

出其馀力除暴强，　兵气销为日月光。

自由平等正义昌，　丰功伟烈长辉煌。

翁文灏

翁文灏（1889—1971），字咏霓，浙江鄞县人。早年留学比利时，获理学博士学位。归国后任北洋政府地质调查所长，代理清华大学校长。蒋介石延揽入阁，历任行政院秘书长，行政院院长。自编《蕉园诗稿》，自写胸臆，语浅白而不求雕琢。

杞　忧

无端鼙鼓动地来，兄弟阋墙肇劫灰。
岂可抗争凭意气，自将戈戟破城台。
孤军假道终无幸，内战徒劳最足哀。
树倒巢倾狂水下，鲁阳挽日几能回？

1936年7月

华北战起

国联空语尚和平，仗义徒劳口舌争。
须识皮难从虎得，可怜草竟随风倾。
横行可畏邻谋远，决战非关国策轻。
拼以牺牲维国脉，冲冠怒发愤难平。

1937年7月

痛 哭

涕流太息贾长沙，此恨于此更有加。
天子多才重贵戚，王公有意植私家。
官僚贪污民应弃，国命阽危我独嗟。
岂有覆巢存完卵，前途可畏是中华。

1939年4月

蕉园晚眺

初晴风色豁胸襟，鸟语涧泉鸣好音。
擎手芰荷偏有盖，经年楝木已成林。
沿堤绿树增生气，满地繁茵感雨霖。
惟念兵戈犹未已，岂容幽处自闲吟。

1941年7月

陈铭枢

陈铭枢（1889—1965），广东合浦人。早年任粤军团长，随孙中山北伐。1931年任十九路军军长，淞沪之战，率部抗日。后发动"福建事变"，失败后退居香港。

重九登高

四海皆兄弟，登高何处异？
寂寞摩诘诗，逍遥道人意。
巍然狮子峰，俯踞缙云寺。
龙象相对扬，振表常睥睨。

罗翼群

罗翼群（1889—1967），广东兴定人。曾参加讨袁护法斗争，先后任广东都督府军事委员，广东陆军测量局局长。1917年广州成立军政府，任少将参军。其后又历任援闽粤军总部代理副官长，第二支队参谋长，粤军第二军第十二统领，广州宪兵司令及北伐军代理参谋长。讨伐陈炯明时任东路讨贼军第二军参谋长兼第九旅旅长。后任广东省省长公署总参议，国民革命军东征军指挥部总参议。抗战时任广东民众抗日自卫团统率委员。

游丹霞

雨霁风逎月吐豪，万松时作老龙号。
竹攒顽石生仍直，鹤入层云唳更高。
远想柳营森画戟，梦回角枕起寒涛。
明朝拟向螺峰去，只共先登步未牢。

1933年

过娘子关，愤蒋介石拥兵百万不抗日

苍茫烟树四围山，偏仄萦回水一湾。

古道裙钗能守险，近知胡虏屡窥关。

平阳岂独唐王重，花蕊犹羞蜀将孱。

今日拥师过百万，立勋宁复让红颜。

1933年

海隅晚望

野色苍茫夕照殷，边城非复汉旌旗。

疏林影乱群鸦横，远浦烟涵一雁飞。

故国干戈馀涕泪，贵游裘马自轻肥。

辛勤只有前村叟，待下牛羊未掩扉。

郭石泉

郭石泉（1889—1930），江西铜鼓人。1926年入党，参加革命，1930年病故于南昌第一监狱。娴习声律，吐沛滂于寸心，能抒怀抱，遣幽忧。

七绝 二首

（一）

圜区浩劫正茫茫，祸乱权衡属彼苍。
莫怪人间多黑暗，中秋明月尚无光。

（二）

夜阑斜望铁栏杆，窗外朦胧月色寒。
想是嫦娥心有恨，不将青眼向人看。

感怀 四首

（一）

清明无客不思家，囹圄年馀未见花。
禁锢形骸同地狱，抛离骨肉各天涯。
愁闻鹤唳风声急，怕对鹃啼月影斜。
最是恼人春景好，故园桃李郁浓华。

（二）

极目园区岁月华，清明无客不思家。
金萱苴苿居堂北，玉笋参差映水涯。
破萼碧桃含露笑，垂丝绿柳舞风斜。
可怜春色浓如许，空向重墙恨落花。

（三）

一腔热血溅飞花，落拓何殊泊海涯。
寒食有谁能禁火，清明无客不思家。
空怀慷慨寻春乐，惭愧蹉跎度岁华。
幽内欲知时早晚，且看窗外日影斜。

（四）

铁窗何事作生涯，辜负韶光感鬓华。
大地风云时变幻，满林桑柘影横斜。
墦间祭者寻亲墓，路上行人问杏花。
回首乡关肠九转，清明无客不思家。

臭 虫

此物生来性最奸，形骸扁侧恶万端。
脂膏吸后身先退，气味闻时鼻早酸。
暗箭惯从衾底射，潜踪偏向木中攒。
人间贼害知多少，未若斯群铲尽难。

咏 雪

六出飞扬势最优，遮天手段孰为俦。
士同湖海宜藏面，志比华嵩莫露头。
腐化采容归一统，鼓吹白色遍全球。
风规严厉何时尽，明日当中只自休。

榴　花

一枝红艳出墙东，绿叶扶疏向不同。
但见丹心贯夏日，未开朱口笑春风。
当头色惹罗裙妒，映眼姿凝烈火烘。
纵被摧残零落尽，谁将柔恨诉天公。

程　臻

程臻（生卒年不详），字撷华，江西南昌人。早年毕业于京师大学堂，民国初年任国会议员。后应聘为中正大学教授。平生服膺陈三立，然自言作诗"本诸心性信手拈，各有境地天所资"（《赠简庵》）。其诗能运以从容不迫之势，出以深沉简峭之味。构思布局，多奇奇怪怪。有《莫名其妙集》手稿本。

与卢毅亭相遇沪滨客次，明日毅亭回粤，予亦将归南昌，唏嘘感赋，即以为别

一片愁心万叠山，山山骄蹇乱晴岚。
更为后会知何地，阅世苍茫多未谙。
寒入枝柯无夏气，碧回江海有深潭。
吾将别就西江路，与子相望天海南。

薰蒲，悯阎、冯之败也

薰蒲不竟戒行成，亿万疮痍庆再生。
见说党廷歌喜起，仍馀薮泽待澄清。
帑输西北收降将，警急东南数背城。
一往分明虚实在，总应知绝祸胎明。

庚午纪病二首

（一）

倏忽飘摇神若驭，生还只觉梦初回。
蜕身魑魅乌三市，过眼乾坤土一抔。
适好便从能了了，讵烦深问不材材。
如何掩映风前烛，再谪人间烧劫灰。

（二）

邻翁举室夜皇皇，急难将挟儿女行。
来湿枕衾仍夺汗，验方果薪试回阳。
人如薤露形将竭，待有苕花句未忘。
枉荷愁遗苏逆喘，转因醒眼乱愁肠。

1930年

癸酉夏集匡山万松林，用晋释慧远游
庐山诗分均得幽字，感赋即呈散原世丈

崔巍庐山高，林壑茂已幽。

矗立江汉间，屏蔽古江州。

江流东注海，激荡风萧飕。

潜跃赋殊物，回旋水一沤。

孰与兹山重，不为纤芥浮。

深藏面目真，隐约窥蟠纠。

此山牯牛岭，环拱月半钩。

梯云通鸟道，偏腋翳阿丘。

避寇离南昌，过同江舟次口占答客难二首 选一

频年海宇纷飞檄，寒曳同江郁片云。

高下林峦舒远景，纵横雁鹜动惊群。

倭氛宁让辽金祸，禹甸谁为谭戚军。

百万生灵馀战骨，英灵犹待捷书闻。

释太虚

　　太虚（1890—1947），出家前名吕淦森，法名唯心，浙江桐乡人。民国初年任《佛教月报》总编。1922年任武昌佛学院院长，往庐山大林寺讲经。1924年在庐山发起组织佛教联合会。

汉阳峰

不登大汉阳峰顶，终恨未穷庐山景。

晨起日朗天地清，乃发胜心采玄境。

穿越芦林金竹坡，白云片片青空迥。

奇秀旁挹上霄峰，雄峻回盼牯牛岭。

云中建寺堪潜修，仰天有坪通捷径。

跨涧斜出小汉阳，忽焉迸露湖光炯。

最怜小大汉阳间，东西谻然贯横缏。

行达大汉阳峰麓，舆弃于地夫啖饼。

孑身呼呼推挽登，勤勇精进奋威猛。

匡君招手烟雨中，披拂烟雨践泥泞。

卒造匡庐最极巅，形疲弥觉神闲静。

极岭坦坦何所观？翠松苍石相彪炳。

天镜石下袈裟泉，禹崖雁池俱渺溟。

只睹今贤林与王，层台高筑孤碉挺。

升台徙倚天香炉，下视蒙蒙怅濆洞。

此开彼合迁晦明，才阴俄晴换炎冷。

多谢山灵百态陈，终豁云雾臻大夐。

远山不尽江千里，繁屿无限湖万顷。

北岗蜿蜒似卧龙，五老昂首睡初醒。

南峦错落星斗沉，紫霄黄岩扬俊颖。

俯仰徘徊成独赏，默然旷览忘晷永。

三界假立唯意言，聊托长谣焕心影。

张治中

张治中（1890—1969），字文白，安徽巢县人。1916年毕业于保定军官学校第三期，历任驻粤桂军总部参谋、师参谋长和桂军军校参谋长等职。1924年任国民革命军第二师参谋长。1926年7月参加北伐战争，任黄埔军校武汉分校教育长。1928年7月后历任国民党中央陆军军官学校训练部主任。1932年1月兼任第五军军长，率部参加上海"一·二八"之役。抗战爆发后，任第九集团军总司令兼左翼军总司令，参加上海"八·一三"抗战。抗战胜利后，任西北行营主任兼新疆省主席，1949年任国民党政府和平谈判代表团首席代表。

狂歌民族魂

裹革沙场骨尚温，捐糜顶踵为生存。

黄河浩荡流奇气，襄水斑斓洒血痕。

风雨中原恢汉土，衣冠此日认黄孙。

忠贞已足昭千载，我欲狂歌民族魂。

自注：作于张自忠将军殉国三周年。

1943年

黎锦熙

黎锦熙（1890—1978），字邵西，湖南湘潭人。1911年年毕业于湖南优级师范史地部。后历任北京高等师范、北京女子师大、北京大学、燕京大学、湖南大学、北京师范大学教授、系主任等职。著有诗集《廿年纪事诗存》。

从九·一八到一·二八混战

攘外原虚语，孤军委海隅。
仓皇辞寝庙，迤逦赴行都。
幸拒金牌召，终输铁索图。
坐令万家市，灯火杂号呼。

1932年3月

日寇迫通县，连日空警，北平危急，五月廿三日忽闻妥协，感赋

陨弹摧垣国便倾，低眉俯首难旋平。
居然基羿输坛坫，竟欲韩秦等重轻。
铿尔成声宁待掷！泠然已善不容侦。
酒浆难挹徒欺饰，仰视长空斗柄横。

1933年6月

小斋假寐，忽觉身在海滨，写寄夏宇众

顿觉窗前蒿化浪，复闻城畔响成涛。

向昏灯塔明烟树，倚岸船樯隐鹊巢。

大泽深山何处是？飞霆流火肯相饶。

定须惕厉勤操作，非梦非真记此朝。

1933年7月

岁暮感怀四首和吴雨僧宓韵即赠 选二

（一）

昔睹君沉挚，今知意惨伤。

家离忧国破，地老载天荒；

旧梦难寻觅，中心总阁藏。

诗光发情焰，终古不消亡。

（二）

已拚成南渡，何心锁北门？

东山摹谢传，朔漠葬刘琨。

天补娲皇石，鹃呼蜀帝魂。

存亡悬一发，功罪复奚论！

1935年12月

汤用彬

　　汤用彬（？—1949），字冠愚，湖北黄梅人。光绪间举人，腾录译学馆毕业，民国初年历任众议员，交通部参事，国史编辑处处长。著有《新学名迹考》、《燕尘拾遗》、《北洋军志》。其诗清和朗畅。

远浦遥青

　　草长平芜一色齐，踏青乘兴共扶藜。
　　香沾裙屐馀芳润，日下牛羊辨曲溪。
　　野鸟横飞千亩阔，斜阳反逼四周低。
　　牧童牛背归来晚，侥幸遨游锦幛西。

陈布雷

陈布雷（1890—1948），名训恩，字畏垒，又字彦及，浙江慈溪人。1911年毕业于浙江高等学堂。曾任《申报》、《四明日报》特约撰述，《天铎日报》、《时事新报》主笔，笔力雄健犀利。1927年投靠蒋介石，先后任蒋的侍从室主任及国民党中央宣传部副部长，中央政治会议秘书长。身居显要，却一生保持书生本色。1948年11月，在南京自杀身死。

郭沫若君五十初度，朋辈为举行二十五周年创作纪念 四首 选二

滟滪奔流一派开，少年挥笔动风雷。
低徊海滋高吟日，犹似秋潮万马来。

刻骨辛酸藕断丝，国门归棹恰当时。
九州无限抛雏恨，唱彻千秋堕泪词。

1941年

陈寅恪

陈寅恪（1890—1969），字鹤寿，江西修水县人，陈三立第三子。著名史学大师。早年赴德国柏林大学读书。1918年转学美国哈佛大学。1925年归国，任教清华研究院。抗战爆发，携家往西南，颠沛流离。太平洋战事起，滞留香港数年，后逃往桂林。在广西大学、成都燕京大学等地教书。其诗兼采唐宋，窈渺绵丽，雅健雄深。用典似李商隐，意境似钱谦益，古典今事，熔为一炉。有《陈寅恪诗集》。

挽王静安先生

敢将私谊哭斯人，文化神州丧一身。
越甲未应公独耻，湘累宁与俗同尘。
吾侪所学关天意，并世相知妒道真。
赢得大清干净水，年年呜咽说灵均。

1927年6月

戊辰中秋夕渤海舟中作

天风吹月到孤舟，哀乐无端托此游。
影底河山频换世，愁中节物易惊秋。
初升紫塞云将合，照彻沧波海不流。
解识阴晴圆缺意，有人雾鬓独登楼。

1928年

七月七日蒙自作

地变天荒意已多，去年今日更如何。

迷离回首桃花面，寂寞销魂麦秀歌①。

近死肝肠犹沸热，偷生岁月易蹉跎。

南朝一段兴亡影，江汉流哀永不磨。

自注：①徐骑省《李后主挽诗》："此身虽未死，寂寞已销魂。"

1938年7月

昆明翠湖书所见

照影桥边驻小车，新妆依约想京华。

短围貂褶称腰细，密卷螺云映额斜。

赤县尘昏人换世，翠湖春好燕移家。

昆明残劫灰飞尽，聊与胡僧话落花。

1939年春

己卯秋发香港重返昆明

暂归匆别意如何，三月昏昏似梦过。

残剩河山行旅倦，乱离骨肉病愁多。

狐狸埋揖摧亡国，鸡犬飞升送逝波。

人事已穷天更远，只馀未死一悲歌。

1939年秋

庚辰元夕作时旅居昆明

鱼龙灯火闹春风，仿佛承平旧梦同。

人事倍添今日感，园花犹发去年红。

淮南米价惊心问，中统银钞入手空。

念昔伤时无可说，剩将诗句记飘蓬。

1940年2月

壬午五月发香港至广州湾作用义山无题韵

万国兵戈一叶舟，故邱归死不夷犹。

袖中缩手嗟空老，纸上刳肝或少留。

此日中原真一发，当时遗恨已千秋。

读书久识人生苦，未得崩离早白头。

1942年5月

忆故居

渺渺钟声出远方，依依林影万鸦藏。

一生负气成今日，四海无人对夕阳。

破碎山河迎胜利，残余岁月送凄凉。

松门松菊何年梦，且认他乡作故乡。

1945年4月

乙酉九月三日日本签订降约于江陵感赋

梦里匆匆两乙年，竟看东海变桑田。

燃萁煮豆萁先尽，纵火焚林火自延。

来日更忧新世局，众生谁忏旧因缘。

石头城上降幡出，回首春帆一慨然。

1945年9月

青　鸟

青鸟传书海外来，玉笺千版费编裁。

可怜汉主求仙意，只博胡僧话劫灰。

无酱台城应有愧，未秋团扇已先哀。

兴亡自古寻常事，如此兴亡得几回。

1949年

哀金圆 己丑夏作

赵庄金圆如山堆，路人指目为湿柴。
湿柴待干尚可爨，金圆弃掷头不回。
盲翁击鼓聚村众，为说近事金圆哀。
是非不倒乃信史，匪与平话同体裁。
睦亲坊中大腹贾，字画四角能安排。
备列社会贤达选，达诚达矣贤乎哉？
进位枢府司国计，币制改革宁旁推。
金圆条例手自订，新令颁布若震雷。
金银外币悉收兑，期限迫促难徘徊。
违者没官徒七岁，法网峻密无疏恢。
更置重赏奖揭发，十取其四分羹杯。
子告父母妻告婿，骨肉亲爱相雠猜。
指挥缇骑贵公子，阗户掘地搜私埋。
中人之产能值几，席卷而去飙风回。
又以物价法制限，狡计遂出黄牛魁。
嗾使徒党强争购，车马阻塞人填街。
米肆门前万蚁动，颠仆叟媪啼童孩。
屠门不杀菜担匿，即煮粥啜仍无煤。
人心惶惶大祸至，谁恤商贩论赢亏。
百年互市殷盛地，怪状似此殊堪骇。
有氂作苦逾半世，储蓄角饼才百枚。
岂期死后买棺葬，但欲易米支残骸。
悉数献纳换束纸，犹恐初窃藏襟怀。
黄金倏与土同价，齐高弘愿果不乖。

王璵媚鬼尚守信，冥楮流用周夜台。

金圆数月便废罢，可恨可叹还可咍。

党家专政二十载，大厦一旦梁栋摧。

乱源虽多主因一，民怨所致非兵灾。

譬诸久病命未绝，双王符到火急催。

金圆之符谁所画，临安书棚王佐才。

盲翁说竟鼓声歇，听众叹息颜不开。

中有一人录翁语，付与好事传将来。

1949年

汪　东

　　汪东（1890—1963），字旭初，号宁庵，江苏吴县人。早年留学日本早稻田大学，曾师从章太炎。民初任上海《大共和日报》、《民声日报》编辑。1927年任中央大学中文系教授、主任。抗战初赴重庆，任监察院委员。有《汪旭初先生遗集》。

战上高

战上高，风怒号，将军帕首靴藏刀。
指麾劲卒随旌旄，阗阗鼓起兵刃交。
捷翻俊鹘腾轻猱，雷车疾转山之坳。
掷火万里平原焦，鸟惊兽骇胡遁逃！

1941年

冬夜独坐有感

惆怅中宵意不胜，唾壶清泪结成冰。
枉教鹦鹉工谣诼，已被苍蝇变爱憎。
近死尚怜身作苦，忘忧聊借酒如渑。
阴阳浩浩催年尽，欲谢尘缘愧未能。

与友人自龙洞口步至亭子山访植之

笠屐行秋此暂停，故人为我启柴扃。

风回绝壁交飞燕，云掩孤峰失敬亭。

山鸟自歌泥滑滑，乱松长带雨冥冥。

银河待访支机石，无奈双星避客星。

1943年

冯天问

冯天问（1890—1948）名改，字眠云，号若水，江西都昌人。曾任《浮梁县志》主编、上海《申报》编辑。寓居景德镇，创办珠山女学、延鲁小学。

读报有感

肉食何曾为国谋，磨刀霍霍快恩仇。
功人谁信成烹狗，霸主从来是沐猴。
去国李陵空击柱，离家王粲又登楼。
闻知帷幄从容计，断送燕云十六州。

自　题

生平落落欠一缘，出世痴顽亦太冤。
三载上书余白简，一家故物有青毡。
丝丝病骨思乡后，历历恩仇在眼前。
吟就新诗三百首，算来能值几文钱。

抗战感叹

大招遥奠战场魂，普度难呼老佛门。

天地沉沉开劫运，江山处处有啼痕。

缘何面目将诗诵，留得头颅报国恩。

破浪几时投笔去，剑横三尺耀乾坤。

竺可桢

竺可桢（1890—1974年），字藕舫，浙江上虞人。毕业于哈佛大学地学系，历任武昌高等师范、南京高等师范、南开大学教授、中央研究院研究所所长、浙江大学校长。

鹊雏失踪有感

鹊噪惊清梦，鸣声震四隅。
狸奴甘作贼，孤鸟失其雏。
上下如梭织，东西将伯呼。
人生如好战，岂不愧慈乌。

程时煃

程时煃（1890—1951），字柏庐，江西新建人。毕业于日本东京高等师范。后留学美国，获哥伦比亚大学硕士。历任北师大教务主任，福建、江西省教育厅长。遍历江右名山。

庐山谒散原丈不遇感赋

不到庐山四十年，重来揽胜亦前缘。
宝杉古色添朝寺，白瀑寒声上铁船。
雾起群峰深似海，天留一老望如仙。
吟魂忽与山灵别，犹在秋林落照边。

山楼小集赠剑丞、霭林

八方风雨来牯岭，一代兴衰系此山。
地涌万泉终汇海，天留五老正当关。
清游仙客留行脚，乱世词人见厚颜。
赢得干霄孤剑在，寒光掩映石林间。

溪边偶成

凭栏观溪水，水清鱼可指。

悠然欣自得，即此悟生理。

溪边泊小舟，不系若待驶。

乱绝随去来，往反任行止。

小大苟同侪，溟渤游复尔。

混混昼夜流，湜七趋其沚。

泾渭岂容心，缨足濯空拟。

川上之逝叹，古人良有以。

聊且乘化迁，无闷求诸己。

陈方恪

陈方恪（1891—1966），字彦通，寅恪之弟，江西修水人。震旦学院毕业，曾任南京图书馆编目室主任。擅长目录学。善吟咏，隽语瑰词，情韵不匮，然沉厚不及衡恪。著有《鸾陂草堂诗词集》。

自小池口溯西坝归二套口榷廨作

嫩云几片傍沙樯，岸止舟移两未央。
风燕水花江路湿，黄茅野磴寺门荒。
犹嫌薄雾封桑土，喜见轻曦放稻秧。
取次牢愁收苍莽，又随渔火送归航。

1920年

池上早起

晓风吹薄云，点滴作雨势。
树表绿意苏，池光晃欲霁。
独鸟冲寒烟，凉痕划如曳。
墙角矮菊丛，幽香上衣袂。
朝气当老秋，岂必逊春丽。
领要随遇间，达人贵无滞。
惜哉悠悠怀，莫与清景违。

1926年

山居晚眺，寄怀贾澄源海上

广漠风来万木飞，空山牢落对斜晖。

当门石确松枝瘦，隔涧霜轻柿叶肥。

一掷年华江海断，稍传消息市朝非。

坐愁雨雪妨归毂，裹饭襟期傥不违。

1931年

洪存恕

洪存恕（1891—1976），字漱崖，安徽巢县人。毕业于安庆师范，抗战时任张治中随从秘书，战后返乡，在巢县中学教书。其诗于瘦健中见浑厚，尤精七律，得陈后山之藩篱，近受赣派诗人胡诗庐影响，用字措词，戛戛独造。

避寇道经岳阳留待家人，喜其果至

妻孥脱险出居巢，西越潜桐荒路遥。
乍见剧怜多菜色，相携转忘各蓬飘。
湖连湘澧鸿嗷哺，江近巴渝鲫趁潮。
闻道金陵噍类尽，故乡那不念渔樵。

吊长沙

1939年日寇逼近长沙，当局"焦土抗战"，一把火几将长沙烧光。

触目悲同吊战场，江头壕垒尚低昂。
闻风竟馁三军气，焦土谁医百姓疮？
日落乌鸦啼死树，春来燕子语危墙。
劫馀来觅碧湘榭，寄食芦棚倚赭墙。

舟下沅陵过青浪滩

野雾连江暗晓曦，迎船簇簇浪花披。
乱梭立岸森魍魅，怪石蹲滩怒虎罴。
村里鸦盘蛮妇髻，庙前龙画水神旗。
殊方人语模糊甚，鹧唤声声却易知。

初春作

维新方采均田制，去古谁敦同井情。
犬吠鸡鸣非乐土，鼠牙雀角尽愚氓。
头衔一例宠无赖，腹诽居然罪老生。
沮溺犹应无处隐，往年动辄说归耕。

张　虹

张虹（1891—1968），字谷雏，以字行，号申斋，广东顺德人。平生喜壮游，曾三诣京华，复居庐山三载。抗战期间漫游大西南。博学多才，精绘事，著有《古玉考释》《砂壶图考》等。

同莫言佩自平乐舟发，七月初九日抵苍梧，与黎葛民、陈益华相遇

会溯江程浩荡流，为期两日到梧州。
群山逶迤回舟楫，二水迢遥绕市楼。
乱离但伤同在客，栖迟无托羡浮鸥。
层云仍阻乡关路，望眼风埃正肃秋。

温泉峡园坐

每来园坐对清波，客里光阴意若何。
偃蹇幽篁回曲径，权枒深树蔽层阿。
不闻钟响移岑寂，遥见琉明映远峨。
照眼寒花随岁尽，兵尘未洗曷为歌？

王光祈

王光祈（1892—1936），字润璵，又字若愚，四川温江人。1918年毕业于北京中国大学，创办少年中国学会。1920年赴德国留学，获波恩大学博士学位，不幸病逝。

竟　日

竟日摩挲百炼刀，几回起舞首频搔。
岂将壮志销红粉，莫遣雄心付绿醪。
万里风云思猛士，一楼烟雨读《离骚》。
何当投笔从戎去，不使人间叹二毛。

瞿宣颖

瞿宣颖（1892—1973），号蜕园，湖南善化人。历任南开大学、燕京大学教授。著有《中国骈文概论》《汉魏六朝赋选》《古今名诗选》，有《补书堂诗》。其诗淡雅清丽，比兴惬当，一气流转。或以文为诗，因难而见瘦健。

杨柳枝

前番浅碧后深青，来日偏多去日情。
惆怅清阴帘幕底，惊残午梦数声莺。

答沈瘦东

饥凤三年又失群，织帘曾不补辛勤。
常忧瘦尽东阳骨，犹喜当筵气吐云。

送汝捷度陇

黄河一带绕边墙，云水参差驿树苍。
今日征军行枕席，古来战垒尽耕桑。
名园仕女春如绣，乐府歌词句有香。
朝暮皋兰山入望，等闲归梦落江乡。

乔曾劬

乔曾劬（1892—1948），字大壮，四川华阳人，生于北京。毕业于北京译文馆，通中法文学。早岁任教育部编审，后历任实业部主任秘书，监察院参事、中央大学教授，1947年受聘为台湾大学中文系主任。因支持学生爱国运动被解聘，同年7月自沉于苏州。以诗书篆刻名世，有《波外楼诗》，俊爽明快。

冷　云

碎踏星光细步佳，钿梁金股助松钗。

眉间英气防人觉，巾上愁痕为我揩。

掌记愿陪龙尾砚，更衣才靸凤头鞋。

冷云遮匼无多路，一晌凄凉后约乖。

甲戌十一月鸡鸣寺

覆舟形胜使人惊，玄武波光入座明。

是处春场媒雉尽，至今荒埭午鸡鸣。

慧怜灵照依居士，狂唤萧公作骑兵。

借问六朝何事业，残阳又欲下台城。

1934年

夔府雨泊二首

（一）

峡口维舟后约迟，更无珰札报京师。
梦回细听夔门雨，约略明灯拥髻时。

（二）

晚簪赋笔向江关，欲隐墙东事阻艰。
病眼枯荣重阅世，世尘浣尽未还山。

波外楼偶题

兰膏夜与百忧郁，一叹收身药裹前。
有死尚惭沧海客，不归多负楚江船。
别来京国忘西笑，意外乾枢事左旋。
夷甫诸人浑健在，河山又异永嘉年。

郑晓沧

郑晓沧（1892—1979），原名宗海，浙江海宁人。留美归来，历任南京高师教授，中央大学教育学院院长，浙江大学教务长。有《粟庐诗集》。五律精严奇警。

自丽水赴龙泉途中

却曲羊肠路，巉岩一径盘。
敞车驰峻坂，崩石咽危滩。
万树堆层翠，千流涌激湍。
还疑行蜀道，回首白云漫。

龙泉遇空袭警报敌机未至解除后即景

阆苑疏钟发，携筇缓缓还。
白云方度岭，红日尚衔山。
犊转芳田曲，凫眠渌水湾。
烽烟今不到，天地亦悠闲。

风雨龙吟社成立

高士爱幽林，宁嫌云屐深？
虬松能折节，空谷有知音。
伫目山河靖，长歌天地心。
斯文风雨会，不绝听龙吟。

1940年

徐映璞

徐映璞（1892—1983），浙江衢州人。留心浙地名胜，著有《浙境名山志》。有《清平山人诗词稿》、《清平诗录》。句健能举，意欲出奇。

飞云江夜泛

沙渚停舟昼寂寥，夜深人语转喧嚣。
一林月黑千家树，两岸风生百里潮。
山入低篷看历历，草侵孤棹听萧萧。
行云流水均如梦，乍见平阳白板桥。

自注：舟停瑞安南郭，距江面甚远，夜半潮来，舟乃浮水溯流而上，天明潮落，则已抵平阳坑矣。

1924年

幽 居

驹隙流光静亦忙，幽居偏近水云乡。
花飞金谷春常在，绣遍平原绿未央。
牛背一蓑梅子雨，鸡头三结紫丁香。
画中风物囊中句，好处年来自主张。

1933年

周维新

周维新（1892—1953），字宪民，江西金溪人。曾任清江县长，抗战时任省参议会秘书。主编《江西文物》双月刊。

春　感

春雷一夜抽新绿，春雨兼旬养嫩寒。
如此风光如此日，愁怀如海起狂澜。

别遂川

吾有山川癖，遂川好山水。
淙淙双流合，郁郁五峰峙。
长桥滩声壮，三塔斜阳美。
盆珠最媚人，虎陂堪洗耳。
幽林耸翠岩，古庙祀拐李。
凡兹名胜区，流连吾所喜。
雨前玉山茶，秋深金橘子。
陈年白米酒，盆尽黄金鲤。
皆别有风味，时常芬口齿。
闾阎风俗醇，妇女勤耒耜。
农林富名产，庠序多佳士。
两载居是邦，可爱类如此。
再来知何时，惜别良有以。

春　雨

春雨送佳日，十日难一晴。

晨曦觉和暖，乍晴旋复阴。

黑云呼寒风，空濛自沉沉。

又将沛然下，荏苒春已深。

百花退新艳，黄鹂悭好音。

哀鸿时一号，能无饥溺情。

踌躇忽四顾，吾怀竟谁陈。

所　思

世事变化纷万状，人心感应生七情。

诗人情志荡胸臆，以歌以咏传心声。

赋诗必出不得已，岂若无病而呻吟。

聊假文字摹其神，不以雕琢失其真。

诗中跃然见生命，呼之欲出俨有人。

其人其诗浑为一，千秋万世常如新。

从来此事良不易，古今作者徒纷纷。

晋之陶元亮，唐之杜少陵。

宋之陆放翁，清之顾亭林。

二千年来至于今，我所思兮思之深。

诵于我口惬我心，如睹其貌闻其音。

愧我丑陋难效颦，但愿诵诗养性灵。

童晓芜

童晓芜（1892—1952），湖北新洲人。乡里名师。其诗清雅秀淡。

感　荒

人老家贫岁又饥，铁箫犹在向谁吹。
书虽满架疑翻版，酒不盈樽笑漏卮。
茶末香清烹玉屑，麦条色嫩煮青丝。
深山未入休轻出，不采薇兮便采芝。
河西移粟到河东，天外三山别有峰。
妇孺尚能知礼义，交游今始见凡庸。
饱鹰未可轻饥鹤，涸鲋何尝比困龙。
尽日蓬门虚掩惯，独从荒径抚孤松。

1948年

郭沫若

郭沫若，原名郭鼎堂（1892—1978），四川乐山人。1918年赴日本帝国大学，开始文学活动。归国后与郁达夫等发起成立创造社。1926年到广州任中山大学文学院院长，同年任国民革命军总政治部副主任。后因参加南昌起义被通缉，流亡日本，潜心史学。抗战爆发后归国，任第三厅厅长，从事抗日救亡运动。

冲　冠

哀的美顿书已西，冲冠有怒与天齐。
问谁牧马侵长塞，我欲屠蛟上大堤。
此日九天成醉梦，当头一棒破痴迷。
男儿投笔寻常事，归作沙场一片泥。

归国杂吟 选一

又当投笔请缨时，别妇抛雏断藕丝。
去国十年馀泪血，登舟三宿见旌旗。
欣将残骨埋诸夏，哭吐精诚赋此诗。
四万万人齐蹈厉，同心同德一戎衣。

1937年

抗日书怀四首 选一

合怒奔涛卷地来，排山撼岳走惊雷。
大鹏击海培风起，万马腾空逐浪堆。
载覆民情同此慨，兴衰国运思雄才。
为鱼在昔微神禹，既倒终当要挽回。

1937年

登衡岳

中原龙战血玄黄，必胜必成待自强。
暂把豪情寄山水，权将馀力写肝肠。
云横万里长缨展，日照千峰铁骑骧。
犹有郇侯遗迹在，寇平重上读书堂。

1938年11月

感时四首 选一

龙战玄黄历有年，望诸罢后尚思燕。
匪缘鸟尽兔烹早，但见鸡鸣狗盗先。
白帝城边星陨雨，黄金台畔草含烟。
苍茫北望依南斗，大火流天色正鲜。

1941年7月16日